아주 **특별한** 저녁밥상

2005년 〈오늘의 작가상〉 수상작

아주 특별한 저녁밥상

윤순례 장편소설

민음사

제1막 7

제2막 97

제3막 165

작가의 말 231

제막

 점쟁이에게 내 앞날을 점쳐 보고 돌아오던 날 오후, 나는 광화문 한복판에서 기이한 풍경을 만났다.
 흙과 모래를 동반한 돌풍 속에서 여자는 버스를 기다리고 있었다. 바람이 여자의 입에서 비명을 쏟아 내고, 팔에서 핸드백을 떨어뜨리고, 모자를 날아가게 하고, 공중으로 몸을 들어 올린 건 순식간이었다. 처음에 여자는 땅바닥에 버티고 앉아 엉덩이에 힘을 주며 안간힘을 썼다. 정거장에 세워진 안내판 기둥이나 간이 의자를 붙들고 구경하는 타인들의 시선을 의식하는 듯했다. 그러나 몸이 떠올라 플레어 스커트가 낡은 우산처럼 화들짝 뒤집혔을 때 여자는 모든 것을 포기했다. 그 순간 여자는 플란넬 조각만큼 가벼

위 보였다.

 화창한 봄날 오후의 갑작스런 기상 변화를 알리던 텔레비전 저녁 뉴스에서는 돌풍 때문에 일어난 곳곳의 사고를 전하기에 여념이 없었다. 공사 중이던 건물이 내려앉아 인부들 몇이 병원으로 실려 갔고, 차량들이 추돌 사고를 일으켰고, 피해 입은 비닐하우스 농가들은 울상이었다.

 그러나 내 머릿속에는 빗자루를 탄 마녀처럼 유유히 하늘을 날던 여자만이 떠나지 않았다. 8차선 도로를 넘어 건너편 스타벅스 건물 앞에 목화송이처럼 가볍게 착지하던 여자.

 한 여자가 바람에 날려 무협 소설에 등장하는 무사처럼 떠다녔다는 기사는 신문 한 귀퉁이에도 실리지 않았고, 사건 사고를 빠뜨리지 않고 단신으로 전해 주는 심야 뉴스에도 나오지 않았다.

 시간이 지날수록 나는 노란 원피스를 입은 여자가 정말로 그날 광화문 한복판에 있었는지 의심스러워졌다. 그날 나 역시 노란 원피스를 입고 있었다. 그것은 방음이 엉망이던 낯선 소도시의 여관에서 밤을 보내느라 군데군데 구김이 가 있었다. 입소문이 퍼져 시간 예약까지 해야 볼 수 있는 점쟁이와의 만남을 위해서 하룻밤의 타지 잠은 불가피했다.

그러나 나는 기억하고 있다. 공중에 떠오른 여자가 비명도 지르지 않고, 스커트가 올라간 것도 개의치 않고, 땅에 떨어진 핸드백에서도 시선을 거두었던 순간을. 그것은 흉포한 바람이 바싹 몸을 낮추고, 여자가 바람을 타고 놀며 조종하게 되는 이변을 불러왔다.

막연히 집을 떠나겠다고 결심했을 때 나는 빗자루에 몸하나 달랑 싣고 바람을 이끌던 여자를 떠올렸다.

여섯 개의 지옥

바다 끝자락, 배로 두 시간을 달려가야 하는 곳, 내세울 거라곤 용머리를 닮은 바위 하나가 다인 용두도로 향하는 여객선에 올랐을 때 먼 바다에서 파도가 부서져 내렸다. 강풍주의보가 해제된 게 삼십 분 전이라고 했다. 선박회사 직원들 몇몇은 짐들을 싣느라 분주한 사람들 속에서 담배를 피우고 섰거나, 자판기 커피를 마시고 있었다. 예기치 않은 기후로 표를 반환하러 온 선객들을 상대하고 난 그들의 얼굴엔 카페인으로 치유될 만큼의 피로가 묻어 있었다.

항구에서 가늠하기에도 만만찮은 파고 때문인지 배를 탄 선객은 손에 꼽을 정도였다. 여남은 명의 낚시꾼을 실은 배가 통영 항을 벗어나기 시작하자 속이 메슥거렸다. 나는 근방의 섬들이 가까워졌다 멀어지는 것을 바라보다가 눈을 감았다.

"월척이다."

누군가 질러 대는 탄성에 눈을 떴다. 거대한 바하무트 한 마리가 내 가슴으로 뛰어들어 안기려던 찰나였다. 깜빡 잠이 들었던가? 성질 급한 낚시꾼들이 배 난간에 기대 저마다 낚싯대를 드리우고 있었다.

바하무트는 광채에 휩싸인 어마어마하게 큰 물고기인데, 사람의 눈으로는 완전한 모습을 볼 수 없다고 한다. 바하무트의 콧구멍에 비하면 지상의 모든 바다는 사막에 겨자씨 한 톨 떨어진 것과 같다. 깊이를 알 수 없는 물 위에 사는 바하무트는 등에 쿠자라를 받치고 있다. 이슬람 신화에 따르면 쿠자라는 사천 개의 눈, 사천 개의 귀, 사천 개의 코, 사천 개의 입, 사천 개의 혀, 사천 개의 발을 갖고 있는 황소다. 쿠자라의 눈에서 다른 눈으로, 귀에서 다른 귀로 옮겨가려면 오백 년이나 걸린다. 쿠자라의 등에는 루비로 된 산이 있고, 산 위에는 천사가 있고, 천사 위에는 여섯 개의 지옥이 있으며, 지옥 위에 대지가 있고, 대지 위에는 하늘이 있다.

지금 내 앞의 바다는 바하무트의 비늘 한 점에 햇빛이

반사될 때마다 뿜어내는 찰나적인 빛만큼의 부피도 담고 있지 못할 것이다. 그러나 저 바다를 헤치고 용두도에 닿으면 내 눈으로 바하무트를 볼 수 있을까? 하다못해 바하무트가 뻐끔질로 뿜어내 놓는 물거품이라도……

 용두도를 떠올렸을 때 세찬 바람이 가슴속을 휘돌았다. 내게 있어 용두도는 허관과 함께했던 시절로서만 존재했었다. 때때로 그것이 정녕 내 생에 머물렀던가 싶은 의혹마저 드는.

 시아버지의 사십구재를 위해 용두도에 갔을 때 허관을 만났다. 용두사에서 숙식하며 부두와 갯바위 산책으로 소일하는 속에서였다. 막재일까지 남아 며느리로서의 예를 다하겠다고 자처한 게 허관 때문이었다는 것을 그 순간에는 몰랐다. 욕망을 만들어 내는 게 우연인지 필연인지는 내 안에서조차 투명하지 않았다.

 삶이란 게 구멍 난 보트로라도 거친 물살을 헤치고 가야 하는 것이라고, 나는 한껏 부풀린 용기를 상비약처럼 품고 집을 나왔다. 무언가에 쫓기는 절박한 심정이 내 등을 떠밀었다. 유일하게 내 힘이 되어준 건, 쨍쨍하던 봄날 오후 돌풍에 떠밀려 공중에 떠오르던 여자가 위기의 순간에 펼쳐 보이던 허심(虛心)이었다.

주지는 출타 중이었다. 서호 시장에서 큰 건어물 가게를 하는 보살의 시아버지가 임종을 코앞에 두고 있다고 했다.

"전화라도 넣어보고 오지, 그 먼데서 헛걸음을 했네."

허관을 찾았을 때 공양주는 혀부터 찼다. 사내의 이름을 입에 올리는 것에 대한 탐색의 눈초리를 숨기는 공양주를 지켜보는 일까지 내 몫이었다.

"어디로 갔는지는 아세요?"

이왕 내친김이었다.

"외지에서 온 일꾼이라 일일이 오가는 곳을 묻기도 뭐하지. 말이 많은 사람도 아니었고."

공양주는 그런 게 아니라도 신경 쓸 일이 많다는 표정을 숨기지 않았다.

"주지스님이 아실라나? 저 아래 황 영감님하고 곧잘 소주잔을 주거니 받거니 했으니까, 그 영감이 아실라나?"

그가 이곳에 없다는 얘기를 듣자마자 어두워진 낯빛을 그녀가 이미 엿봤다는 걸 염두에 둘 여력은 없었다.

공양주는 무선주전자 코드를 꽂으며 허관과 어떤 사이냐고 물었다. 나는 삶을 때 오그라들었는지 누렇게 변색된 수건을 오래 바라보는 것으로 대답을 피했다.

"한쪽에 내놔. 걸레로나 써야 되겠네."

경솔하고 성급한 질문을 한 공양주의 무안은 내가 눙쳐

야 했다. 실수를 무마라도 하듯 공양주는 짓다 만 암자 얘기로 화제를 돌렸다.

허관은 새 암자를 짓고 있었다. 기도 손님을 받을 요량으로 장기간의 계획 아래 이루어지는 일이었다.

"터만 봐도 보통 암자가 아니잖아. 허관 총각도 부처님 은덕을 입은 사람인 게지. 기도 암자 짓는 일을 아무나 하나."

나는 발치에 쌓인 수건들을 한 장씩 들어 올려 네 귀퉁이를 맞추어 한쪽에 쌓았다. 공양주를 도와주는 흉내라도 낸 것인데, 수건도 사람을 타는지 반듯하지 않았다. 내 정신이 수건에 있지 않음을 모르지도 않았다.

"시아버지 사십구재 지내러 왔던 게 작년 봄이었던가?"

공양주는 다 갠 수건을 서너 장씩 무릎에 올려 손바닥으로 툭툭 쳐서 부피를 줄이며 나를 올려다보았다. 나는 고개만 끄덕였다.

"새로 짓던 암자는 다 완성되었나요?"

"2층까지 지었지. 안 그래도 신도들 관심이 대단해. 큰스님이 불사금 모으고 계시니까, 웬만큼 돈이 모이면 다시 짓겠지. 3층까지 지을 계획이라대. 2층까지 지은 것도 큰스님 법력이 아니면 어림도 없었지. 작년 가을에 그것만이라도 구경하겠다고 부산에서 신도들이 죽 몰려왔더랬어.

굉장했어. 참, 공사 다시 시작되면 허관 총각이 오려나?"

시어머니와 함께 이곳에 왔을 때, 기도 암자의 2층이 올라가고 있었다. 두 사람의 인부가 세월아 내월아 해 가며 일을 하는 연유를 몰랐었는데, 임금 대신 방 한 칸과 먹을 것만 바라고 온 젊은이들이라고 했다. 미장이도 되었다가 목수도 되었다가 손발 척척 맞춰가며 일을 하던 둘 중 하나가 허관이었다. 선착장 부근에 사는 늙은 처사가 간간이 올라와 일을 도왔지만 얼굴 비추지 않는 날이 더 많았다.

"새 암자 짓다가 떠난 사람이 한둘이어야지. 숱한 사람들이 와서 일을 했지. 실컷 배 타고 여기까지 들어와서 이틀 일하고 나간 사람도 있고, 한 달 일하고 나서 주지스님이 준 노잣돈을 불사금으로 내놓고 간 사람도 있고. 다들 소식 들으면 낙성식 때는 오지 않겠어? 그래 봤자 몇 년 안 남았어. 2층까지 올렸으니까. 큰스님이 그만한 불사금 못 만드실까. 그나저나 아직까지 안 오는 것 보면 주지스님은 하루 더 있다 올지도 모르겠네. 급하게 처리할 일 있으면 낚싯배 얻어 타고 들어올지도 모르고."

피곤과 졸음만큼 좋은 잠자리가 없었다. 나는 공양주가 커피를 타 줄까, 사과를 깎아 줄까 하면서 몇십 분째 엉덩이를 뗄 마음조차 먹지 않고 있는 옆에서 깜빡 잠이 들었다. 공양주가 쓰는 낡은 옷장에 상체만 기댄 채였다.

내 몸이 해파리처럼 바다 한가운데를 떠다니다가 바위 사이에 끼이기도 하고, 용케도 좁은 틈을 빠져나오기도 하며 헤실바실 풀어져 내렸다. 그렇게 멀고 멀게 떠다니는 게 꿈속의 일이었는지 잠시 잠깐의 환영이었는지 알 수 없었다. 어느 결에 공양주가 과일이나마나 곧 저녁을 먹어야 할 시간이라고 말하는 소리가 들려왔다. 그러나 그 역시도 생시인지 꿈인지 알 수 없었다. 아직 허관을 만나지 못했다고, 나는 눈이 떠지지 않는 가운데 생각했다. 이곳에 허관이 없다는 사실을 받아들이는 데 필요한 게 시간인지 마음인지 알 수가 없었다.

극락길

극락으로 가기 위해 필히 통과해야 하는 관처럼 길고 좁은 계단은 식당과 선방과 몇몇 개의 손님방이 있는 아랫마당과 윗마당을 연결하는 길이었다. 법당이 있는 윗마당은 햇살이 밝아 봄가을이면 온갖 꽃들이 호사를 누렸고, 용머리암이 있는 바다에서 불어오는 바람이 놀다 가는 곳이었다. 대웅전은 그것들의 호위 속에서 당당하고 늠름했다. 아랫마당과 사천왕문을 쉼 없이 넘보는 절 밖의 바람까지도 두루두루 품고 있었다.

나는 계단 중간쯤에서 숨을 골랐다. "극락길도 힘이 들 때는 쉬어가야 한답니다." 허관이 내게 처음 말을 걸어온 곳이었다. 좁고 복잡한 관 속을 통과해온 자만이 낼 수 있을 듯한 은밀하고 따스하고 부드러운 목소리였다. 시아버지의 제사상에 올릴 감자전과 고사리나물이 든 쟁반을 들고 힘겹게 계단을 오르던 나는 뒤돌아 그를 보았다.

윗마당의 잎 떨군 나무들이 시린 겨울을 맞고 있었다. 대웅전 오른쪽에 자리 잡고 있는 9층 석탑 층층마다 풍경이 빼곡히 매달려 있었다. 태풍으로 선착장 부근의 마을에서 슬래브 지붕들이 이리저리 날아다니며 곡예를 벌였을 때도 풍경은 단 하나도 떨어져 내리지 않았다고 했다. 작은스님은 밖에 나가 있었기 때문에 주지와 공양주만이 그 광경을 목격했는데, 공양주가 신도들 앞에서 말까지 더듬으며 그 놀라운 사실을 발설할라치면 정작 또 다른 증인인 주지가 입을 꾹 다물고 있어, 공양주는 헛소리를 지껄인 사람처럼 얼굴이 벌게진다고 했다. 공양주의 말에 의심을 품는 이는 없을 듯했다. 그때의 억울함을 호소하며 발갛게 달아오른 공양주의 얼굴은 그 어떤 증인도 필요로 하지 않았다.

나는 9층탑을 돌며 세 번씩 반배를 올렸다. 겨울바람에 풍경도 차고 시린 소리를 냈다. 날이 저물기 전에 기도 암자에 가 볼까 했지만 그쪽으로는 발걸음이 돌려지지 않았다. 허관의 숨결이 닿은 곳에 바람이 자리를 틀고 앉아 있는 것을 보고 싶지 않았다.

 아니, 정작 내가 보고 싶어하지 않는 게 무엇인지는 나도 알 수 없었다. 어쩌면 내가 찾아 나선 허관이, 노처녀가 망원경까지 동원해 찾았던 꼬마 녀석들인지도 모른다는 걸 깨닫게 될까봐 두려운지도 모른다.

 강변에 한 노처녀가 살고 있었다. 그녀는 자기 집 앞에서 꼬마 녀석들이 발가벗은 채 목욕을 하고 있다고 파출소에 신고했다. 파출소장은 순경 한 명을 그녀의 집으로 보냈다. 순경은 그 버릇없는 꼬마들에게 주택가에서 멀리 떨어진 강 상류로 올라가 목욕을 하라고 타일렀다. 그러나 그 다음 날 노처녀는 다시 파출소에 전화를 했다. 꼬마들이 목욕하는 게 여전히 보인다는 것이었다. 순경은 다시 꼬마들에게 가서 더 깊숙한 상류로 올라가라고 말했다. 하지만 그 다음 날 노처녀는 화가 난 얼굴로 파출소장을 찾아와 항의했다. "내 집 다락방에서 망원경으로 보니까 꼬마들 목욕하는 게 다 보인단 말이에요."

 꼬마들이 시야에서 완전히 사라져버린 후에도 어디선가 꼬마들이 목욕을 할지도 모른다고 생각할 노처녀처럼 나도 허관을 찾아 헤매는 게 아닐까?

 공양주와 함께 대법회 때 쓰일 수건들을 다리고, 이불 호청을 뜯어서 빨아 널고, 물에 불린 밤 껍데기를 까는 동안 깜깜한 밤이 찾아왔다. 밤은 뼛속 깊이까지 허관을 새겨 넣고 사라졌다.

갯강구

 바닷물이 빠져나가는 것과는 상관없이 부둣가 주위를 무법자처럼 노니는 갯강구 한 마리를 일없이 내려다보았다. 소라 껍데기 몇 개를 집어 올려 만지작거린 손에서 비린내가 올라왔다.
 바닷물이 빠질 때 썰물에 편승하지 못한 갯것들은 물이 차오를 때까지 햇살 아래 몸뚱어리를 무방비 상태로 내놓고 견디고 있었다.
 허관은 처음부터 자신의 발판은 물 빠진 갯벌에 있다고 여기고 있었을까? 그는 빠져나간 물에 대한 그리움 대신 갈증과 의기투합해 버린 듯했다. 그래서 그는 갯벌과 닮아 보였다. 패고 할퀸 자리마다 무수한 생명체가 쉼 없이 숨을 내뿜으며 기운찬 몸부림을 쳐 대는.

용두암 낙성식 때 허관이 들어온다면 하루건 한 달이건 일 년이건 기다릴 수도 있었다.

공양주는 주지가 새로 짓는 암자 일을 서두르지 않는 건 관리주지로 있기 때문이라고 했다. 용두사의 진짜 주인은 불심 깊은 자들이 법회를 들으러 몰려오는 명성 높은 스님이라고 했다. 예정되어 있는 불사금이 들어오지 않으면 주지가 직접 전화를 해 안부를 묻고 부담을 줘야 일이 수월하다며, 공양주는 누가 들을까 봐 목소리까지 낮추었다.

공사가 더디게 이어지고 있다는 얘기는 허관에게서도 들었다. 흙을 사오면 시멘트가 떨어지고, 시멘트가 있으면 목재가 떨어져 작업을 중단하게 되어 바다 멀리로 마음을 빼앗길 때가 많다고 했다. "기도 암자야 댁 같은 부잣집 마나님들이나 와서 시름 하나 붙잡고 호사를 누리다 가는 곳 아니겠소?" 허관의 말 속에 가시가 박혀 있었던가?

시아버지의 사십구재 비용에 새로 짓는 암자의 불사금이 포함되어 있었다. 용두도로 들어가는 배 안에서 시어머니가 말했었다. "용두암 완성되면 너도 백일기도 한번 해봐라. 모르는 일이다. 자식은 하늘이 주는 것이야." 그 말에 내가 아무런 대꾸를 안 한 건 시어머니의 말에 진기가 없어서였다.

"나무랄 일만도 아니지. 따지고 보면 불사금도 그런 마나님들 손에서 나오는 것이니." 허관은 자신이 삐딱하게 말한 걸 사과라도 하듯 목소리를 누그러뜨렸다. 5년째 아이가 없어 의기소침해 있는 여자를 향한 것이라고만 보기에는 눈길이 한없이 부드러웠다.

바닷바람을 쐬다 용두사로 들어왔을 때 주지가 기다리고 있었다. 그는 점심 배로 들어왔다고 했다.
지장재일이나 관음재일에 법회를 듣기 위해 몰려온다는 수많은 신도들을 대비한 것인지 식당은 광장처럼 넓었다. 공양주는 주지가 한겨울에도 꼭 식당에 내려와 식사를 하는 것이 고맙고, 누구에게도 밥상을 따로 차리게 하지 않아 한갓지다고 했다.
"가신 일은 잘되셨습니까?"
"잘 되고 말고 할 일이 아니라서요. 오늘내일은 가족들 소망이고, 이 분은 좀체 세상 떠날 마음이 없는 듯합니다. 나무아미타불을 외우는 내 손을 움켜잡고 놓지를 않습니다. 그래서 내가 나를 따라 나무아미타불을 외워 보라고 했지요. 죽으면 극락 가는 주문이라고 했더니 이 양반이 눈을 번쩍 뜨는 겁니다. 입을 달싹달싹하는 것을 보니, 남은 기를 다 쓰고 있는 게 확실합니다. 노환이 깊어 밖으로 소리가 새어 나오지는 않았지요. 그러니 보살님 앞에서 할

소리는 아니지만 제 속은 또 얼마나 탔겠습니까. 이 양반이 어서 가실 길을 가셔야 염불을 마치고 뱃삯이라도 받아 돌아올 텐데 말입니다."

주지는 껄껄 웃기까지 했다.

"그럼 아직 눈을 안 감았단 말씀이세요?"

누룽지를 푸던 공양주가 눈을 동그랗게 떴다.

"눈이야 감았지요. 눈을 꼭 감고서 나는 죽어도 이대로는 못 죽는다 하고 있어요."

식사가 끝나고 주지의 방에 들어가 앉은뱅이 탁자를 사이에 두고 앉았을 때, 주지는 또다시 건어물집 노인 얘기로 입을 열었다.

"이유는 모르겠지만 이 어른이 가족들이 떠 주는 건 물 한 모금도 마시지 않겠다고 버티더군요."

"그게 무슨 말씀인가요?"

"알 수가 없지요. 제가 가서 죽이라도 먹여야 하는지. 명이 붙어 있는 사람을 굶겨 죽일 수는 없잖습니까?"

"가족이 있다면서요?"

"가족만 아니라면 똥을 퍼 넣어줘도 먹겠다고 죽어가는 사람이 강력히 의사 표시를 했습니다."

"해괴한 일이군요."

"그런 양반을 놓고 곧 숨넘어간다고 염불을 부탁한 가족들도 해괴하지요."
 내가 녹차를 세 잔이나 비울 때까지 주지는 별다른 말이 없었다. 무슨 일로 전화도 없이 왔느냐, 얼마나 있을 예정이냐 따위의 질문은커녕 그동안 잘 지냈느냐는 형식적인 인사조차 없었다. 속인이었다면 무정하다는 핀잔을 듣고도 남았을 위인이었다.
 주지도 허관이 간 곳을 모른다고 했다. 나무 문짝에 니스 칠까지 되어 있어 허관의 일이 끝나 갈 즈음, 그에게 섬 구경을 권했지만 그는 떠날 의사를 밝혔다고 했다. 불사금을 보내기로 한 신도가 이런저런 이유를 대 가며 연기하다가 사업이 부도났다는 소식을 전해 오고 난 직후였다.
 "이왕 오셨으니 실컷 용두도 구경이나 하시지요. 입소문이 어떻게 퍼졌는지는 모르지만 작년 가을에는 외국 사람들이 떼를 지어 다녀갔습니다. 이곳에 오기 위해 비행기까지 탔다는데, 무엇을 보고 갔는지는 알 수 없지요."
 주지는 내게도 섬 자랑을 일삼았다. 용머리암이 한눈에 내려다보이는 산에는 겨울에도 토종 국화가 핀다고 했다. 톱질과 대패질로만 시간을 보내다, 허관이 그것을 못 보고 떠난 게 안타깝다고 했다.
 허관에게 고향을 물었을 때 "서른 넘게 처먹은 놈이 집도 절도 없이 사는데, 고향이 어디라고 말하면 뭐하겠어요? 내 발 닿는 곳이 다 내 고향이려니 여기며 산 지가 몇 몇 해요." 했었다. 주지가 허관이 온 곳도, 간 곳도 모르는 것은 당연한 일인지도 모른다.

"보고 싶습니까?"

주지가 진지하게, 그러나 꼭 내 대답을 들을 의향은 없다는 듯 웃었다.

"만나야 할 사람들은 꼭 다시 만나게 되는 거라고 텔레비전에서 그러더군요."

이번엔 내가 웃었다.

"늙나 봅니다. 요즘엔 여덟 시 이십오 분에 하는 연속극을 보는 재미로 삽니다."

주지는 허관이 쓰던 방을 그대로 두었다고 말했다. 문이나 한번 열어보자는 마음이었는데, 오후 내내 방에 들어가 나오지 않았다. 얇은 불교 잡지 한 권이 앉은뱅이책상 위에 얹혀 있었다. 혹 그의 손길이 닿았을지도 몰라 앉은걸음으로 다가가 조심스럽게 열어보았다. 하다못해 여름옷이라도 넣어뒀을까 싶어 구석에 놓인 삼단장도 한 칸 한 칸 열어보았다. 잠을 자고 있던 먼지가 풀썩 날아올라 내 뺨에 달라붙었다.

"꼭 봐야 한다면 오늘부터 그 방에 들어앉아 줄창 기도를 하시지요. 끌어당기는 게 있어야 끌려오는 게 있지 않겠습니까?"

주지가 진담인지 농담인지 모를 소리를 했다.

구석구석 방을 쓸어 내고, 창문을 열어 묵은 냄새들을 빼냈다. 아쉬운 대로 이 일꾼 저 일꾼이 묵었는지 이불과 베개의 가짓수가 많았다.

이불장 벽걸이에 진녹색 점퍼가 걸려 있었다. 허관의 것인지는 알 수 없었다. 그와는 작년 봄, 용두도에 꽃들이 지천으로 널려 있던 사십 일 가량을 함께했을 뿐이다.

점퍼를 얌전히 개어 머리맡에 두었다. 그러고 나니 평온이 찾아왔다. 걸레를 빨아 방을 닦고 가방을 풀었다. 옷가지들을 삼단장 속에 집어넣고 나자 졸음이 몰려왔다. 간밤의 긴 잠이 무색했다. 공양주가 제 육십 평생의 팔자땜에 대해 늘어놓는 얘기들을 반은 듣고 반은 흘리면서 청한 잠이었다. 나는 졸음에 간단한 인사치레만 하기로 했다. 그러나 진녹색 점퍼로 배를 덮고 몸을 바닥에 눕히기 무섭게 찾아온 잠은 길고도 들큼했다.

젖은 평온. 지난 몇 년간 햇볕이 잘 드는 집의 거실에서 누린 그것이 한잠에 다 씻겨 나가는 듯했다. 꿈속에서 빈약한 가슴의 사내 품에 오래 안겨 있었다. 남편이었는지, 허관이었는지 잠을 깨고 나서도 알 수 없었다.

낮잠

한겨울 바람이 뱀 혓바닥처럼 창틈을 넘나들었다. 나는 죽은 듯 고요한 침묵의 소리를 하염없이 듣고 있었다. 가슴속에서 세찬 파도가 일렁였다.

허관을 만나지 않고서는 입에 음식이 들어가는지 물이 들어가는지도 알 수 없었다. 아니, 뭘 먹고 있다는 실감조차 나지 않았다. 용머리가 보이는 갈대밭, 자갈길이 아름다운 해변, 용두봉으로 가는 길 중간에 퍼져 있는 후박나무 군락지, 한겨울에도 동백을 볼 수 있다는 끝여 주변길······. 허관과 함께했던 곳곳을 휘젓고 다녔지만 마음은 허허로웠다.

낮잠을 오래 잔 탓인지 미세한 두통이 스멀스멀 올라왔다. 약을 챙겨오지 않았구나. 무심히 걷다 허방에 빠진 사람처럼 나는 아득해졌다. 집 떠나온 내게 누군가 벌써부터 시비를 걸고 있는 느낌이었다.

두통은 점점 심해지다가 날카로운 송곳으로 머리통 전체를 콕콕콕 찔러대듯이 강도를 높여 갈 것이다. 병원에서는 언제나 신경성 편두통이라는 진단을 내려 주었다. 팥알만 한 하늘색 알약과 함께.

근래 들어 나는 진통제 효과가 있는 그 신경안정제를 자주 찾아야 했다. 아파트 단지 내에서 우연히 정육점 여자와 마주쳤을 때에도, 누런 털빛 고양이에게 가슴을 물리는 꿈을 꾼 날에도.

힘없이 걸어오고 있던 602동 여자를 피해 엉겁결에 들어갔던 곳이 하필 정육점이었다. "자리 털고 일어나셨네요? 그러셔야죠. 아이는 또 가지면 되지요, 뭐. 그만하기 천만다행이죠. 얼마나 놀라셨겠어요." 카레라이스를 할 거라고 했는데도 정육점 여자가 썰고 있는 고기는 영락없이 김치찌개에나 어울릴 크기였다. 말 많은 여자는 내게 무슨 말이든 해야 한다는 생각에만 골몰해 있었다. "좀 더 작았으면 해요." 나는 새치름하게 말했다. 딱히 카레라이스를 하겠다는 생각도, 김치찌개를 하겠다는 생각도 없었다.

아마 정육점 여자는 602동 여자 앞에서도 나를 입에 올렸을 것이다. "남자가 술 마시고 집을 잘못 찾아 들어갈 수도 있지 뭐. 하필 임신한 여자 집으로 들어가서 유산이 된 건, 운수가 사나워서야. 살다 보면 더러 재수 없는 일도 겪고 그러는 거야. 밤늦게 여자 혼자 있으면서 현관문을 열어놓은 사람 책임도 있어. 그러니 너무 죄인처럼 주눅 들어 있지 말라구."

정육점으로 간 것이 죽도록 후회되었다. "송장 치우게 생겼다고, 어제도 그 여자 시어머니가 경비실 관리소장에게 한바탕 나팔을 불었다는데, 괜한 소리였나 봐. 기운이 좀 없어 보이긴 해도 송장까지는 아니더라구. 고기 사러 여기 들어왔었어. 몸 추슬러서 다시 아기 가져 보려고 그러나? 손도 많이 가는 카레라이스를 한다고 그러더라구." 할지도 몰랐다.

 시어머니가 관리실 경비에게 언성을 높이며 따진 의도는 무엇이었을까? 책임 추궁을 일삼는 게 버릇이 된 사람이어서 그랬을 것이라고 이해하기에는 유별난 반응이었다.

 시어머니는 시간이 지난 후에 나를 설득해 또 한번의 모의를 감행하겠다는 희망을 버리지 못했을 것이다. "세상 진실 다 까발리면 제정신으로 이 밝은 햇빛 앞에 얼굴 들고 살 수 있는 사람 아무도 없다. 우리가 딛고 사는 땅바닥을 파 봐야 뭐가 들어 있는지 아니? 다들 똥물까지 내려가는 정화조가 늘 밟고 다니는 땅속에 묻혀 있다는 것을 알면서도, 모르는 척 슬쩍슬쩍 눙치며 살아가는 게 세상이야. 너희 부부와 나만 아는 일로 하자." 시어머니는 내게 가짜 임신부 노릇을 권할 때 자못 엄숙하기까지 했었다.

 '유산이 되었다는 소문이 진실처럼 퍼져야 다음 번 일이 수월하겠지요. 또다시 눈을 감는다면 나도 처음보다는 쉽겠지요. 결혼 5년 만에 아기를 갖고 기뻐하는 가짜 임신부 노릇이 쉽지만은 않았거든요.' 나는 시어머니에게 말하고 싶었다. 하지만 마음속을 탈탈 털어 내보이고도 낯 붉히지 않고 유지되는 관계란 흔치 않다. 신정 때 시댁에 갔을 때 유산한 임신부 노릇을 무리 없이 해낸 것도 그래서였다. 피로한 기색을 연출하고, 조심조심 걷고, 말은 되도록 삼갔다. 성북동 집의 나이든 가정부가 눈치 빠르게 내 앞에만 놓아준 미역국을 국물 한 방울 남기지 않고 다 먹었다.

602동 남자가 강도일 리 없다는 것을 나는 거실로 나왔을 때에 알았다. 제 몸도 못 가누게 술을 마시고 남의 집에 들어오는 도둑은 없을 테니까. 남자가 넥타이를 풀어헤치고 사물조차 바로 보지 못하는 상태에서 홈시어터 장식장 옆의 수족관을 엎었을 때 내 눈은 교활함으로 번득였다. 수초들 사이를 넘나들며 마음껏 화려함을 뽐내던 구피, 에인절피시, 네온테트라, 블루디스커스, 그린디스커스들. 미미하긴 하지만 살아 있는 생명체가 뿜어내는 색의 향연! 그것마저 우리 집에서 사라졌음이 확실해지자 나는 속으로 쾌재를 불렀다. 그 순간 나는 내 목숨 다할 때까지 어르고 달래고 누르려고 마음먹었던 내 인생에 멋진 날개를 달아주고 싶었다. 수많은 열대어들이 노니는 어항은 내 인생 어느 시점에서 필연적으로 깨어지게끔 예정되어 있었던 것만 같았다.

나는 침착했다. 602동 남자가 고개를 연거푸 흔들어대며 풀린 눈동자로 내 얼굴을 보는 것을 확인하고 경비실에 전화를 걸었다. 물론 다급한 목소리를 연출하는 일에도 소홀함이 없었다. 경비가 올라오는 동안, 장롱에서 탈바가지를 꺼내 뱃속에 집어넣는 일까지 완벽하게 끝냈다. 배가 아프니 병원 응급차를 불러 달라고 죽어가는 소리를 내지를 때, 정작 아팠던 건 마음이었다.

집을 떠나오던 날 아침, 짐 가방을 든 나와 마주친 602동 여자의 시선은 반사적으로 내 배를 훔쳐보았다. 홀쭉하게 꺼진, 8개월 된 태아를 품고 있었던 둥근 배를 떠올렸을 것이다. 나는 발을 헛디딘 사람처럼 몸을 휘청거렸다. 짧은 순간, 그녀에게는 진실을 밝히고 싶다는 생각이 올라왔다. 타인에게 억울한 누명까지 씌우고 떠나는 인생 계획을 품어본 적은 없었으므로. 그러나 그것은 햇빛이 부딪치는 속에서 착시 현상으로 무지개를 보는 것만큼이나 찰나였다. 나는 여자에게 목례를 하고 다부진 발자국 소리를 남기며 아파트 단지를 빠져나왔다.

찬물이라도 마셔 두통을 가라앉혀보려고 식당으로 나갔을 때 공양주가 저녁을 차리고 있었다. 오후를 다 잠으로 보낸 모양이었다. 하루가 또 지나고 있었다.

별장

 '언제 잠이 들었을까?' 둔중한 두통과 함께 눈을 떴다. 바위 위에 사지를 부려 놓고 잠든 내 모습이 낯설었다. 불에 달궈진 소라 껍데기들과 빈 소주병이 머리 위에서 나뒹굴었다. 소리 없이 물떼가 밀려들어 왔다. 잠을 깨운 게 꼭 물떼들의 행진 같았다.
 흰 조가비가 듬성듬성 붙어 있던 바위들이 물에 잠기고 있었다. 사방을 휘둘러봐도 지난날 이곳에 함께 있었던 허관은 없었다. 별장을 보러 가려면 술을 머리 꼭대기까지 차게 마셔서는 안 된다고, 얼마쯤 깬 후에 가자고 허관이 나를 구슬리던 일이 떠올랐다.
 허관이 산속 어딘가에 있다는 별장 얘기를 꺼낸 건 술이 어지간히 올랐을 때였다. 마른 소나무 가지들을 태워 구워 먹는 소라의 맛을 입이 지겹게 칭찬하고 난 후였다. 바닷길을 따라 난 숲길을 계속 오르다 보면 산으로 들어가는 진입로가 보이고, 그곳에서 한동안 길을 잊은 듯 걷다 보면 별장 입구가 나온다고 했다. 주인이 누구인지도 모르고, 관리인이 따로 있는 것도 아니어서 누구든 마음만 먹으면 언제든 들어갈 수 있지만, 별장의 출입문은 무성히 자란 잡초에 가려 쉽게 눈에 띄지 않는다고 했다. 간혹 별장에 대한 소문을 듣고 멀리서 찾아오기도 하지만, 별장을 들어가 보고 섬을 나가는 이는 손으로 꼽을 정도라고.

 술병이 다리에 채이고, 소라 껍데기에 살을 눌리며 허관과 한 몸이 되었을 때 내 머릿속은 백지처럼 하얗게 비워졌다. 허관이 "내가 별장을 찾아내면 거기서 평생 나랑 함께 살겠소?" 했을 때도 밀어 이상의 의미를 두지 않았다. 소리 없이 들어와 어느새 꽉 찬 물이 철벅대는 리듬에 맞추어 허관의 몸이 내 위에서 출렁였다. 말미잘처럼 꿈틀거리던 그의 혀에서 비릿하고 축축한 바닷내음이 올라왔다.

 "후회되면 술 탓으로 해둡시다. 별장에 갈 수 있을 만큼 적당한 선을 지키지 못해 어쩔 수 없이 딴 짓을 저질렀다고. 그러면 좀 편하겠소?" 전신에 흘러내린 땀을 식히며 생수를 병째 들고 마시던 그의 목젖에서 달리는 기차가 울리는 기적 소리가 났다. "별것 아니오. 지금 당신이 갓 태어난 병아리 같은 얼굴로 있어서 그렇지, 남녀가 단둘만 있는 곳에서 몸 한번 섞었다고 엄청난 일이겠소? 백사장의 모래가 물에 쓸려 바다에 들어갔다 나왔다 하는 만큼의 의미도 없는 일이오. 내 말이 무슨 말인지 알겠소?" 흙에 물이 스미듯 그의 몸에 빨려 들어갔던 게 혼란스러워 입을 꾹 다물고 있는 내 표정에 지레 당황한 건 그였다. 그래서 나는 그를 향해 세상을 살아내는 지혜를 다 깨친 여자 같은 미소를 보일 수가 있었다. 내 혼란의 정체를 캐낸다는 건 백사장의 모래가 하루에 몇 번이나 몸이 젖는가를 헤아리는 것만큼이나 무의미한 일이라고 단정해 버린 것도 그 순간이었다.

어선 몇 척이 바다 위에 둥둥 떠 있는 게 멀리로 보이는 늦겨울 오후의 해변은 권태롭고 지루했다.

사막도

'하필 사막도일 게 뭐야, 이름이 너무 삭막하잖아……'
 허관이 용두도에 없다는 말을 들었을 때의 허허로움이 다시 살아났다. 부르는 게 값이라는 배를 알아볼 때부터 부풀어 오르던 가슴은 유폐감을 불러왔다.

사막도는 주지도, 공양주도 가본 적이 없다고 했다. 용두도에서 낚싯배를 몰며 살아가는 남자가 뱃삯으로 십만 원을 불렀다. 두 시간 넘게 가야 된다고 했다. 남자는 돈을 더 불렀어도 될 뻔했다고, 후회가 여실한 빛이었다.

슬몃 불안감이 파고들었다. 허관을 찾아 집을 떠나온 것부터가 무모한 일이었다고, 갈등이 이는 마음에 먼 바다에서 불어오는 바람까지 가세했다. '어차피 바닥을 친 인생이다.' 어수선해지려는 마음을 다잡는 데는 그것밖에 없었다. 그거면 적절한 위안이 되고도 남았다.

 섬사람들의 눈을 피해 만날 때마다 허관은 별장을 입에 올렸다. 별장 주인이 누구인지는 동네 사람들도 모른다고 했다. 한 정치인이 여당 시절에 축적한 돈으로 세컨드와의 말년을 위해 지은 것이라는 소문도 있고, 현재 고위 관리직에 있는 자의 것이라는 설도 있다고 했다. 삼사 년 전엔가 헬리콥터가 그 별장 주변에서 내리는 걸 마을 사람들이 보았지만 그걸 보겠다고 산까지 올라간 사람은 없었다. 다들 벌어먹고 살기 바빴다. 화장실은 이집트 대리석으로 지어져 있고, 사방에서 꽃향기가 흘러나오고, 단추 하나만 누르면 온천수보다 더 좋은 물이 자동으로 흘러나와 샤워까지 완벽하게 끝내 준다는 곳. 그러면 나는 열려라 참깨의 동굴이라고 대꾸하며 즐거워했다. 그때마다 허관은 그곳을 찾을 수 있는 조건을 말했다. 술맛이 너무 달지도 쓰지도 않을 때, 그때가 적기라고 했다. "그러니 언제나 조절을 잘해야 되는 거라구. 세상살이가 쉽지 않은 법이지." 그 말을 할 때 허관의 얼굴은 차고 어두웠다.

 "돌 주우러 갑니까?"

 배가 망망대해 한가운데로 접어들었을 때, 남자가 물었다. 간혹 수석 채집자들이 찾아가는 섬이라고 했다.

"다섯 시까지는 다시 배에 올라야 됩니다. 마땅한 민박집도 없는 섬이오. 큰 고기가 잡히기는 해도 들어갔다 나오기 힘든 곳이라 여행객도 없소. 알려진 섬도 아니고, 핸드폰도 터지지 않아요."

남자는 배에 오르기 전에 내가 준 십만 원이 흡족해서인지 섬에 관해 아는 것이 있으면 하나라도 더 말해 주고 싶은 모양이다. 나는 고개만 끄덕였다. 남자의 말소리라도 없었다면 갈팡거리는 마음을 단속할 자신이 없었다.

"젊은 사람들은 다 떠나고 노인네들밖에 없어요. 노인네들끼리 모여 어떻게 먹고사는지 그 속내를 속시원히 아는 사람도 없을 거요."

"돌을 주워 내다 팔기도 하나요?"

남자가 막 지나쳐 온 섬에 대해 설명해 주고 있을 때 내가 물었다.

"간혹 팔 만한 돌이 나온다고 해도 오며 가며 뱃삯을 내버리면 수지맞는 장사랄 수 있겠소? 그곳 사람들은 어떤 게 돈 되는 돌인지 가려낼 능력도 없는 무지렁이들이오. 오래전부터 대나무로 찍어 고기를 잡아먹던 토박이들만 살아요. 그곳을 떠나고 싶어도 능력이 없어 떠나지 못하는 사람들이란 말이오."

속이 메슥거리기 시작하더니, 시간이 갈수록 멀미가 심

해졌다.

"뱃멀미엔 소주가 최고요. 소주나 몇 병 준비해 오지 그랬어요."

그러나 말뿐, 남자는 뱃멀미 정도로 웬 엄살이냐는 표정이었다.

"사막도는 특히나 파도가 심한 곳이지요. 하지만 그곳을 아는 진짜 낚시꾼들이 다시 찾는 곳입니다. 낚싯대만 드리우면 내 팔뚝만 한 숭어를 심심찮게 건지니까요."

남자는 제 팔뚝을 보란 듯이 들어 올려 보였다. 야윈 몸에 비해 제법 강단이 있어 보이는 팔뚝이었다.

"그렇게 크다니 믿을 수가 없군요."

"나도 다 들은 얘기요. 가끔 용두도에 왔다가 그곳 소문을 듣고 배를 빌리는 사람들이 있지요. 그들이 돌아갈 때는 통영에서 배를 불러 타고 나가니, 내 눈으로 낚싯감을 확인해 본 적도 없고."

남자는 바닷바람에 담배 연기를 날리며 여유를 부렸다. 그에겐 빨리 가야 할 이유가 없는 듯 보였다.

대체 그런 곳에서 허관은 무엇을 하고 있단 말인가? 헛걸음일지도 모른다는 직감이 가라앉지 않았다. 허관이 곧잘 따랐다는 황 영감 역시도 확언을 한 것은 아니었다.

"용두암 2층을 얼추 올리고 나면 사막도나 한번 다녀오고 싶다고 했었지. 소주가 됫병 들어가면, 사막도에 오두막 한 채 지어놓고 색시를 얻어 아들 낳고 딸을 낳고 강아지도 한 마리 키우면서 살고 싶다는 말도 했었어."

나는 어디든 몸을 부리고 한바탕 늘어지게 자고 싶었다. 잠 속으로 빠지면 또다시 일기 시작한 허탈감이 좀 가라앉을 것도 같았다. 온몸으로 달려드는 겨울바람이 내가 혼자임을 알아챈 듯 유독 기승을 부렸다. '일단은 허관을 만나리라. 그 후의 일은 운명이 끌어가게 방관하리라.' 떠밀리듯 집을 나서면서 머리에 불이 날 만큼 담아온 의지마저 사그라질까 봐 나는 불안해졌다.

"다 왔습니다. 저기 보이지요?"

남자는 고개를 높이 들어 올렸다. 그의 손이 가리키는 곳에 새 한 마리가 양 날개를 쭉 펴고 떠 있었다. 영락없이 누군가를 반기는 모양새였다. 배가 앞으로 나아갔을 때에야 여실히 형체가 드러난 그것은 바위 위에 솟아 있는 한 그루의 소나무였다. 분재처럼 애써 다듬은 듯 정교했다.

내 눈은 바람에 날개를 떨며 바다 한가운데에 외로이 떠 있는 한 마리 새에 잡혀 있었다. 가슴이 아려 오기 시작했다.

"선착장이 따로 없나 보군요……."

배 댈 곳을 찾느라 전전긍긍인 남자를 보며 나는 힘없이 중얼거렸다. 누구나의 인생 어느 지점에는 나락으로 떨어지는 듯한 아득함이 절정으로 치솟을 때가 있는 법이다. 나는 그것을 선사하려고 드는 인생이란 놈에게 슬그머니 아부의 악수를 청한 기분이었다. 다 버렸다고 각오한 지금, 그것이 두렵지는 않았다.

'사는 게 다 그렇지요, 뭐.' 나는 가능하면 눈을 감을 때까지 그 말을 무기로도, 방패로도 쓰며 한세상을 살아낼 작정이었다. 어려운 일도 아니라고 생각했다. 집에서 대교를 두 개나 건너야 하는 문화센터에 염색을 배우러 다닌 것도 그래서였다.

홀치기염, 호염, 납방염, 크랙염, 분무염, 분사염, 그라데이션…… 그 많은 염색 기법들과 내 인생과는 하등의 관계가 없었지만, 의류 과학을 전공했다는 젊은 여자 강사가 시간마다 강조하는 색채의 미학에 마음이 끌렸다. 그녀는 인간은 오랜 옛날부터 본능적 미의식으로 색채에 관심을 가져 왔다고 했다. "이 세상에 한 가지 색깔만 존재한다면 무미건조해서 자살하는 사람들이 속출할 테지요. 여러 가지 색깔이 한데 어우러질 때 무엇이든 생동하며 아름다운 조화를 이루게 됩니다. 염색이란 바로 색깔을 입히는 행위입니다." 삶의 희열과 충족을 주는 미(美)를 내 손으로 만들어 낼 수 있다는 충족감, 그것이 허식이나 사치라 해도 나는 기꺼이 빠져 들 의향이 있었다.

 내가 대부분의 수강생들처럼 패션 디자이너나 화가 지망생이거나 염색 관련 직업을 가지고 있지는 않았지만 충분히 만족했다. 소금이 천과 어울려 일으키는 화학적 반응으로 무늬를 만들어 내며, 소금이 염액을 흡수하는 정도에 따라 여러 가지 우연의 효과를 기대할 수 있는 그라데이션 염을 처음 실습해 볼 때는 가슴이 떨렸다. 천에 단추, 구슬, 동전, 깡통 등 여러 가지 재료를 넣고 싸매 물건의 모양, 크기에 따라 다양한 무늬를 만들 수 있는 시보리염을 응용한 스카프를 선물했을 때 한 친구는 내게 감동했다.

 그러나 집에 스카프와 커튼이 넘쳐나고, 실패한 옷감들이 쌓여 갈 때쯤에야 나는 강사가 찬탄하는 그 화려한 색깔들도 그래 봤자 천 조각 위에서 벌어지는 허황한 놀이일 뿐이라는 것을 깨달았다. 내가 만든 색들이 살아서 꿈틀거려 봤자 장롱 깊숙이 갇힌다면 제까짓 게 무슨 재주로 활개를 칠 것인가. 충무로 애완동물 거리를 걷다 화이트 페르시안 고양이를 보게 된 게 그 즈음이었다. 길고 눈이 부시게 하얀 털을 지니고 있는 녀석들은 무슨 색이든 다 빨아들일 수 있을 것 같았다. 살아 있는 색을 입은 살아 있는 고양이……. 염색을 배우러 다니는 일마저 집어치워 썩은 고목처럼 무거웠던 내 몸뚱어리가 활기와 흥분으로 들썩였다.

"안 내릴 거요?"

수위가 낮은 쪽으로 배를 몰아 바위 하나에 밧줄을 칭칭 동여맨 남자가 재촉하듯 나를 보았다.

나는 산더미처럼 쌓여 있는 바위들 위로 겨우 겨우 기어올라갔다.

거짓말

'여기가 어디인가…….'

그토록 오래 망설였던 용두도에 들어와 있다는 게 실감 나지 않아 나는 방안을 휘휘 둘러보았다. 집에서 나올 때 들고 온, 몇몇 옷가지가 다인 짐가방은 윗목에서 천덕꾸러기처럼 나뒹굴었다. 가볍게 몸만 빠져나오자고, 그것만으로라도 내 발목을 잡아끄는 죄책감을 묽게 해보자고 작정한 일이었다.

낡은 삼단장, 구식 텔레비전, 검정색 소형 카세트, 낮은 산언덕이 들어오는 손바닥만 한 크기의 창……. 자잘한 꽃들이 무리 지어 피어 있는 분홍빛 벽지는 칙칙하게 바랬고, 누런 장판도 담뱃불에 데어 군데군데 패 있었다. 허관이 이 방에서 묵었다는 사실 말고 내게 의미 있는 것은 아무것도 없었다.

어제 사막도에서도 허관의 머리카락 한 올 발견할 수 없었다. 허관을 찾았을 때, 타지로 나간 자식들이 보내오는 쌀가마니나 기다리며 바닷바람에 늙어가는 노인들은 입 벌릴 힘도 없다는 듯 고개를 저었다. 곧 떠나갈 외지 사람보다는 볕 든 담벼락 밑이 반가운 이들이었다.

간밤부터 계속된 미열이 가라앉지 않았다. 나는 이불을 머리까지 올리고 눈을 감았다. 잠이 미진해서는 아니었다. 허관을 찾아 집을 떠나기로 결심하기까지의 숱한 날들도 번민과 불면의 연속이었다. 허관을 찾을 때까지는 몇 날 며칠 밤을 잠으로 녹여도 풀리지 않을 여독이었다.

이대로 허관을 못 만나는 게 아닐까?

"부모 잃고 어릴 때부터 이모, 고모, 삼촌들 집을 전전하며 자랐어. 입 안의 혀처럼 굴면 그중 하나는 나를 친자식처럼 끝까지 돌봐 주었을 텐데, 내가 거부했지. 사업이 실패하거나, 몸이 아프거나, 이사를 가게 되면 나는 언제나 짐짝이 되더라구. 마지막으로 있었던 게 막내 작은아버지 집인데, 부부가 이혼을 했지. 홀아비 된 작은아버지 술주정 견디며 고등학교 졸업까지는 악착같이 버텨냈어. 지금 생각하면 꼭 그럴 필요가 있었나 싶지만." 함께 일하던 인부가 자재 구입을 위해 마산에 나갔던 날, 허관은 내 몸 속에 뜨거움과 서러움을 토해 냈다. 창틀 속으로 봄바람이 불어오던, 거푸집만 완성된 작은 방에서였다. 그는 한곳에 오래 머물면 불안해진다고 했다. 지금껏 세 끼의 밥과 몸 뚱어리를 놀릴 수 있는 일이면 뭐든 사양하지 않았다고 했다. 몸을 움직여 불끈불끈 솟는 힘을 쏟아 내야만 어디로든 떠나야 할 것 같은 병이 수그러들어서였다. 서른다섯 해를 살면서 한 번도 정착하고 싶다는 유혹에 빠져 본 적이 없다고 말하는 그의 목소리가 하도 강해서 나는 그가 거짓말을 하고 있다고 확신했다.

여객선

낯선 방 이부자리에서 배어 나오는 들큼한 냄새 때문에 온밤 내내 잠을 설쳤다. 창문 밑에서 밤새 바람이 울어댔다. 결핍감으로 몸부림을 쳐 대다 몸을 일으켰을 때 밖은 새벽빛에 싸여 있었다. 그대로 일어나 불을 켜고 앉은뱅이 책상 위의 잡지를 뒤적였지만 글자는 하나도 들어오지 않았다.
"스님, 부둣가에 좀 내려가 보셔야겠습니다."

작은스님의 목청은 마루가 울릴 정도로 컸다.
"무슨 일인데?"
"또 싸움이 났답니다. 스님이 가셔야 할 지경인 듯합니다."

주지의 방에서는 대답 대신 짧은 헛기침 소리가 새어 나왔다. 작은스님도 제 소임을 마쳤다는 듯 우렁찬 발소리를 남기며 선방 쪽으로 사라졌다.

내 방문을 두드린 공양주의 손에는 주지가 밖에 나갈 때 승복 위에 껴입곤 하던 회색 털스웨터가 들려 있었다.

"아무래도 길어지려나 보네. 보살님이 부둣가에 좀 내려가 봐야 되겠어. 모른 척하려고 했는데, 날이 하도 쌀쌀하니. 감기 한번 걸리면 겨울 내내 앓는 분이야."

공양주가 재촉하듯 내 얼굴을 바라보았다.

"생강차, 대추차를 쉴 새 없이 끓여 대도 꿈쩍도 않는 감기야. 겨울 내내 양약을 달고 살게 할 수도 없고. 지어 온 약이나 잘 드시면 걱정도 없겠지만. 미주 엄마 그것이 우리 주지스님 얼굴에 똥칠을 한다. 감기보다 그게 더 무서워."

부둣가는 용두사에서 어디를 가고 있는지를 잊은 채 내려가야 나왔다. 굽이굽이 흙길을 내려가는 동안 사방에서 찬바람이 몰아쳐 귀가 베일 듯했다.

선착장은 마을 사람들이 팔짱을 끼고 모여 있어 한눈에도 무슨 일이 생겼음을 알 수 있었다.

"니 어데서 굴러온 년인지는 모르지만 그렇게 싸가지 없이 굴면 재미없다고 내 경고했지?"

"내가 개똥밭에서 굴렀건, 쇠똥밭에서 굴렀건 네년이 알면 어쩔 건데? 내가 싸가지가 있는지 없는지는 나도 모른다. 네년은 잘나서 그런 것도 아냐?"

하늘 높이 고개를 쳐들고 대거리를 하고 있는 젊은 여자는 용두도에 들어올 때 선착장에서 봤던 이였다. 내가 여객선에서 내리자마자 사냥감에게 달려드는 맹수처럼 내 짐가방에 손을 뻗으며 민박집을 찾으면 자신과 함께 가자고 했다. 용두사에 간다는 내 대답에 여자가 대번에 실망하는 기색을 내보여, 나는 크게 잘못한 사람처럼 무안했었다.

"찢어진 입이라고 막말하는 것 봐라. 내 나이 마흔이다, 이년아."

"내 입이 찢어졌으면 그년 입은 막혔는가?"

"나는 찢어진 것 간수는 잘해 가면서 산다. 찢어진 아랫도리로 남의 밥그릇 채 가는 네년 같을까 봐?"

"왜 너도 찢어진 아랫도리로 돈 좀 벌어보지. 덜 찢어져서 힘들면 활짝 찢어봐라. 그럴 능력 없으면 자빠져서 떡고물이나 주워 먹든가."

"아이고 뭔 재앙이 내려서 저런 년이 우리 마을에 들어왔을까? 용두도 망신이다. 바다신이라도 불러 살풀이를 해야지."

"찢어진 것 더 찢어서 돈 벌어보라니까 자신이 없나? 왜 멀쩡한 섬을 들먹이고 지랄인데?"

동네 여자들이 편들 듯 옆에 붙어 있는 나이 든 여자나, 젊은 여자나 만만치 않았다. 한쪽에 서 있는 주지의 표정은 침통했다. 선착장으로 넘어오는 바닷바람은 살을 에는 듯 날카로웠다. 그러나 주지에게 필요한 건 스웨터 따위가 아닌 듯했다. 그는 무언가와 힘겹게 싸움을 벌이고 있는 듯 보였다.

"아이고 이러다가 스님 얼어 죽겠다. 무슨 구경났나? 젊으나 늙으나 먼 산 불구경하고 서 있는 꼴들이 더 가관이다."

내 손에서 주지의 스웨터를 가져간 이는 황 영감이었다. 그는 없는 살림에 아들 셋을 대학 공부까지 시켜 대도시로 보낸 것을 부처님의 은덕으로 여기고 있는 사람이었다.

"언제든 한 번은 끝장을 봐야 할 일 아닙니까? 황 영감님도 알게 모르게 저 상것을 역성들고 나서는데, 이유가 뭔데요?"

주지에게 스웨터를 입혀 주고 온 황 영감에게 화살을 날린 이는 매점 여자였다.

"상주댁도 나잇살이나 먹었으면 그러지 마소."

"그럼 손님 가로채서 자기 집에 끌고 가는 게 옳다는 말인가요? 오늘은 욕지도댁네 온다고 예약까지 해 놓은 손님을 가로챘어요. 우리 마을이 누구 때문에 이렇게 흉흉해졌는데요? 머리끄덩이를 잡혀도 끄떡 않는 상것을 언제까지 두고 봐야 하는데요? 좀 전에 주지스님한테도 대드는 것 못 봤어요? 남의 일에 감 놔라 대추 놔라 하지 말라고, 눈알이 튀어나올 듯이 노려보는 것 못 봤느냐구요?"

삼삼오오 짝을 지어 서 있기는 해도 편은 확실하게 갈라져 있었다. 젊은 여자는 마을 여자들 전체를 상대로 싸우고 있었다. 알 수 없는 건 주지였다. 그는 링에 서서 자신이 해야 할 일을 까마득히 망각한 심판관 같았다. 시간이 지날수록 젊은 여자의 기세는 당당해서 누구든 물어뜯겠다는 양 독이 올라 있었다.

"좋게 좋게 하자는 거지. 낚시 손님들 귀에 들어가면 뭐가 좋겠는가? 동네 창피한 일이지."

황 영감의 목소리도 힘이 빠져 있었다.

"이미 소문 빠삭해요. 어제 들어온 손님 하나가, 이 섬에 젊은 여자가 하는 민박집이 서비스가 좋다던데, 어디냐고 묻더라구요. 내가 헛소문이 퍼진 것 같다고 말하고서

욕지도댁네로 보냈는데, 어떻게 알고서 저 상것이 그 손님을 빼내 갔더라구요. 사실 욕지도댁보다 내가 더 화가 나요."

"그래도 싸움을 부추기면 쓰나. 싸움 말리러 이 추운 날에 부둣가까지 내려오신 스님 생각도 해야지."

황 영감이 달래는 목소리로 말했다.

"그래서 말려질 싸움이면 다행이지요. 오늘 끝장을 보지 않으면 배에서 여행 손님 내릴 때마다 마을이 시끄러울걸요."

매점 여자는 이제야말로 싸움을 시작해 보겠다는 듯 젊은 여자 쪽으로 다가갔다.

"안 그래도 내가 언제 네년 버르장머리를 고쳐 주려고 단단히 벼르고 있었다. 저 코딱지만 한 가게 해서 겨우 밥 한 그릇 먹고사는 게 네년 눈에는 안 보이냐? 네년이 통영 나가서 라면을 박스째 사들고 와서 낚시 손님들한테 팔고 있다는 말 진작에 내 귀에 들어왔어. 그래도 처음엔 집에 있는 라면으로 손님한테 인심 쓰니까, 손님이 그냥 말 수 없어 돈 내놨겠지 했어. 그런데 어제는 부탄가스까지 들어왔다대. 내가 컵라면 팔고 부탄가스 팔아서 겨우 입에 풀칠하는 것 안 보이더냐? 찢어졌는지 뚫렸는지 모를 그 주둥이로 어서 말이나 좀 해봐라."

"내가 뭣 때문에 입 아파 가면서 말해야 되는데. 그리고 나는 컵라면인지 부탄가스인지 팔아먹은 적 없다."

"사들고 오는 것 본 사람이 한둘이 아니다."

"우리 집은 라면 안 먹고 부탄가스 안 쓰나? 부탄가스로 삼겹살도 구워 먹고, 컵라면도 끓여 먹는다."

"얌전히 네년 집에 오는 손님만 받아 잠재워 주고 밥 챙겨 줘도 어린 딸년하고 먹고살 만할 건데? 너 그러고 사는 것 어린 딸년한테 부끄럽지 않더냐?"

주지가 젊은 여자에게 다가간 건 황 영감의 중재는 씨도 먹히지 않을 것 같은 분위기가 퍼지고 있을 때였다.

"가만 앉아 있어도 쌀이 들어오고 과일이 들어오는 곳간에 앉아 있는 양반이 무슨 말은 못하겠어요. 여기 나와 그런 말 할 시간 있으면 가서 반야심경이나 한 번 더 외우시지요."

젊은 여자의 목소리에 독기가 흘렀다.

"이젠 주지스님도 몰라보네, 저 상것이."

매점 여자에게 바통을 넘기고 물러섰던 욕지도댁이 눈에 불을 켜고 젊은 여자에게 달려들었다. 그러나 머리카락을 움켜잡으려던 손은 젊은 여자의 우악스런 저지에 맥을 못 추었다.

정작 싸움을 끝내 준 건 흰 여객선이었다. 하루에 두 번

통영을 오가는 배가 큰 몸체를 유유히 흔들며 선착장에 가까워지고 있었다.

"배 들어온다."

누군가 크게 외치는 것을 시작으로 사람들은 하나둘 선착장으로 흩어져 갔다.

"어서 가야지. 우리 집 예약하고 오는 손님이 둘이나 있는데, 어떤 년이 꼬리 흔들어 채가기 전에 간수 잘해야지."

"맞다 맞다. 어릴 때 이런 노래 들어봤나?"

"무슨 노래?"

"솔개 떴다. 살강 밑에 병아리 감춰라."

"뭔 소린지 하나도 못 알아듣겠다. 무슨 노랜데?"

바람 한 점 들어갈 틈 없이 목도리로 목을 감싼 중년 여자가 몇 걸음 앞서 가는 사람들을 따라잡으며 물었다. 젊은 여자는 누군가 배 들어온다는 말을 하기 전부터 몸을 재게 돌려 달려가고 있었다. 일부러인 듯 엉덩이와 허리를 실룩실룩 내두르며 걷는 품이 한눈에도 교태와 색기가 흘렀다.

"내 언젠가는 저 상년을 으득으득 씹어 먹을 거다."

매점 여자는 조개껍데기가 수두룩하게 박혀 새하얀 길 위에 침을 뱉고는 매점으로 들어갔다.

주지는 마을 사람들이 여행객을 맞이하기 위해 벌떼처럼

몰려간 선착장 반대쪽의 산길로 걸음을 옮기고 있었다. 그곳에서 용두사를 가려면 산을 타넘고, 바닷길로 돌아 나와야 했다. 한 사람이 걸을 만한 폭의 구불구불한 길이었다. 좋은 날씨에도 동백이나 갈대 구경을 위한 게 아니라면 굳이 오를 산이 아니었다.

저녁 설거지를 하며 공양주는 젊은 여자에 대해 늘어놓았다.

"이 섬에 발 딛자마자 용두사부터 찾아들었어. 그게 작년 봄인가 그래. 보살님 다녀가고 얼마 안 되어 들어왔으니까 초여름이구만. 가족이 모두 부산으로 나간 빈집을 얻어 민박집을 하게 해준 것도 주지스님이야. 집을 얻어줬더니 어느 날은 휑하니 섬을 나가서 네 살짜리 딸을 데리고 들어왔더라고. 그런데 마을 내려가 살면서 온갖 입방아에 오르내리며 주지스님 얼굴에 똥칠을 한다. 스님이 업 쌓지 않으려고 꾹꾹 참아가며 아직도 사람대접 해주는 것 아니겠어?"

공양주는 머리까지 흔들어댔다. 내 눈에는 사람대접 정도가 아니라 속 깊은 애정으로 보였다. 저녁 식사 때 공양주가 "통영 건어물집 보살이 지난번 장례에 주지스님 수고했다고 약밥을 두 상자나 보내 줬어요. 말씀 드린다는 게 깜빡했네요." 했을 때도 주지는 "굳기 전에 미주 엄마에게도 갖다 주지. 군입정 좋아하는 사람 아냐?" 했다. 공양주가 "약밥은 냉동실에 넣어두고 전자레인지에 돌려서 두고두고 먹는 거지요." 했지만 이내 돌아온 건 헛기침이었다.

어금니

 아침을 먹고 다시 방에 들어가 누웠지만 머리가 돌덩이를 얹어놓은 듯 무거웠다. 근래 들어 제대로 숙면을 취한 날이 없었다. 잠은 늘 어딘가에서 동강 났다. 눈을 뜨면 몸은 천근만근 무거웠고, 갈피조차 잡을 수 없는 산란한 꿈들이 잠 속을 떠다녔다.
 두 번 세 번 접힌 편지는 장지갑 속에서 나왔다. 선착장 매점에 내려가 진통제라도 사 먹으려고 지갑을 열었을 때였다.

 언니!
 한밤에 잠 못 이루고 뒤척이다. 언니라면 내 얘기를 들어줄 것 같아서 불을 켜고 일어나 앉았어. 이대로라면 앞으로 편히 잠들 수 있는 날이 내 인생에서 영영 사라져버릴 것 같아서 말이야.

녹차를 마시려고 다기에 물을 부었다가 그 소리를 들었어. 처음엔 설마 다기 안에서 나는 것일까 싶었지. 그런데 시간이 지날수록 선명히 들려오더라구. 찻잎 퍼지는 소리. 바람이 배롱나무 잎사귀를 스치듯 미세했지만, 내 몸은 요동을 치며 그 소리를 듣고 있었어. 나도 처음엔 더운물에 다기 잔이 균열을 일으키나 보다 했다니까.

엄마 말이야. 자꾸 여기저기 쑤시고 아프다고 하시더라. 이제 노인네 된 거지 뭐. 엄마가 큰딸인 언니를 제일 미더워하는 것 잘 알지? 언니도 그렇겠지만 나는 늘 엄마가 걱정이야.

언니, 만약 내가 떠나면 엄마를 부탁해.

언니가 나무랄지도 모른다는 생각 안 한 것 아니야. 세상 모든 것은 다 제 소리를 지니고 있다고 항변할 준비도 되어 있어. 저 혼자서는 그윽함을 우려내지 못하는 찻잎조차 본래의 모습으로 돌아오는 소리가 그리도 우렁차더라구. 그만큼 절실해서가 아닐까?

나도 열 번, 백 번 다기 잔이 갑자기 맞은 더운물에 반응을 보인 것뿐이라고 덮어버리기로 했었어. 그런데 나중에는 내 몸 곳곳에서 생명이 움텄다 제 소임을 다하고 갈 때 내지르는 환희의 소리들이 들끓는 거야.

어느 한시도 딸 넷의 장녀라는 짐을 내려놓지 못하면서도 친정에는 쌀 한 톨 보내지 못하는 언니에게 어쩌자고 속을 내보이려고 했을까? 자식들 뒷바라지, 간암으로 고생하는 시아버지와 중풍으로 누운 시어머니 봉양에 밥숟가락이 어디로 들어가는지도 모르는 언니에게 말이다.

속편하기로 치자면 막내 여동생만 한 상대가 없었다. 남편의 술주정을 고치겠다고 근처 놀이터로 끌고 가 밧줄로 묶어놓고 들어와 자신은 편히 잔다는 철딱서니. 그 애라면 엉덩이에 붙은 검불 털어 내듯 툭툭 "아니면 거두지 뭐. 문제가 뭔데?" 할 것이었다. 그렇지만 주인이 전셋값을 올려 달라고 한다고, 남편의 퇴근 시간이 점점 늦어진다고, 작은딸의 아토피를 신경 쓰느라 살이 쪽쪽 빠진다고 늘상 어리광과 엄살인 그 애에게 무슨 기대를 한단 말인가.

'그래, 깊숙이 박힌 글은 밖으로 나갈 수 없는 말들의 아우성이야. 몸으로 드러낼 수 있으면 그것들의 존재조차 무의미해져.' 나는 편지를 접어 지갑 속에 넣었다.

하루에 두 번 들어오는 여객선에서 내리는 사람 중에 허관은 없었다. 나는 허관을 내려놓지 않고 돌아가는 배의 꽁무니를 무력하게 바라보았다.

들어오고 나가는 이가 없어도 날씨만 궂지 않으면 배는 어김없이 들어왔다. 어제도 그제도 나는 배가 닿는 시간에 맞추어 선착장 부근을 서성이다가 떠나가는 배를 오래 바라보았다.

하염없이 해변을 맴돌다가 뒤돌아올 때는 자꾸만 허방을 딛는 기분이었다. 물이 들어와 백사장이 잠기고 있었다. 바다 멀리로 시선을 던졌다. 점점 앞으로 올라오는 물살이 나를 데리고 멀리로 흘러가는 착각이 일었다. 그대로 서서 흔적 없이 떠내려가고 싶은 마음이 차올라 왔다. 집을 떠나왔다는 실감도, 허관을 영영 만나지 못할 수 있다는 불안도 내 것이 아닌 채 둥둥 떠내려가는 듯했다.

핸드폰이 방전된 지 얼마나 지났는지 알 수가 없다. 핸드폰을 충전하러 통영에 나가겠다는 생각은 하지 않았다. 어머니에게 전화를 해보고 싶은 마음을 누른 것도 여러 번이었다. 어머니에게 자진해서 폭탄을 던질 이유는 없었다. 까무러칠 일이 생기면 한 번은 겪어야지 어쩌겠냐고 독하게 이를 물어도 전화기에 손이 가지는 않았다.

어머니는 단정한 용모와 기품을 지닌 남편을 좋아했다. 명절 때 식구들이 다 모이면 어쩔 수 없이 흘러나오게 마련인 잡다한 세상사에 얼굴을 찡그리지도 부화뇌동하지도 않는 모습에 듬직함을 느꼈다. 여느 사위들처럼 처가와의 친밀함을 드러내려고 설레발을 치거나 자주 전화하지도 않았지만 서운해하지 않았다.

시간이 지나면서 어머니의 마음속에 사위의 흠잡을 곳 없는 용모와 기품이 냉정함으로, 거리감으로 바뀌어버린 건 내가 "밤에 자려고 남편 옆에 누우면 가슴속에서 대잎이 바람에 부딪혀 울부짖는 소리가 들려와요." 한 이후였을 것이다. 어머니가 내놓은 더덕주에 취해 지껄였던 말들은 이후 고스란히 돌아와 내 가슴을 콕콕 찔렀다. 어머니가 "내 죄가 많아서 내 자식 아픈 맘을 풀어줄 방법조차 모른다." 하던 말의 의미를 헤아려 볼 정신조차 없었던 것도 내 설움에 취해 지나치게 눈물을 빼내서였다.

그날 어머니는 내 눈앞에서 삼겹살을 먹다가 어금니를 부러뜨렸다. 어머니는 씹다 만 음식물을 손바닥에 뱉어 마늘과 대파 줄기들 속에서 간신히 이를 찾아냈다. 그러고는 누렇게 치석이 붙은 이를 들고 한참을 두서없이 서성거렸다. 자식들을 키울 땐 빠진 이를 지붕에 던지면서 새 이가 돋아나게 해달라고 빌었었다고, 늙은이의 어금니는 어디에 뿌려 줘야 하는지를 알아야 할 시절도 온다는 걸 그때는 알지 못했었다고 말하는 어머니의 말은 빠진 어금니 때문인지 어눌했다.

어금니를 손바닥에 올려놓고 오래 간직해 온 부장품인 양 살피는 어머니를 나는 우두망찰 바라보았다. 누런 때가 소리 없이 쌓이고 쌓여 두터운 층까지 이룬 그것이 지금껏 잘 버티어오다가 새삼 남편을 떠나고 싶어 하는 마당에 뽑혀 나올 이유가 뭐란 말인가? 그날 어머니의 어금니가 조금만 일찍 나왔어도 쓸데없는 소리는 안 했을 것이다. 더덕주가 아무리 내 의식을 마비시켰다 해도. 시종일관 무슨 생각을 하는지도 모르게 입을 꾹 다물고 있어 내장까지 부아가 치밀게 만들곤 했다고, 어머니는 나조차도 기억나지 않는 내 어린 시절을 들먹이며 연거푸 소주잔을 기울였다. 소주를 아무리 들이부어도 이 빠져나온 자리가 아리지도 않다고, 이미 한 말을 자꾸만 해댔다.

어머니가 남편을 통해 내 가출을 전해 듣게 된다면, 어금니가 떨어져 나온 자리에 혀를 문질러 대며 어쩔 수 없이 앞날에 대한 불안을 키우게 될까? 아득함이 밀려왔다. 나는 어금니 하나가 빠져나간 것뿐이라고, 어머니가 어린아이 달래듯 스스로를 다독이기를 바랐다.

내가 낳은 아이를 안아볼 수 없다는 것을 알고 눈이 짓무르게 눈물을 쏟아내던 시절, 어머니는 정녕 젊었다. 고르던 치아가 한둘씩 빠져나가 발음조차 부정확한 날이 오리라는 것은 몰라도 되었다.

자꾸만 이가 빠져 틀니를 하게 된 후부터 어머니는 토씨 하나 틀리지 않는 말을 반복했다. "사람이 다 갖고 살 수는 없지. 부족한 게 하나쯤은 있는 게 정상이야. 천년만년

살 것 같아도 한세상 잠깐이다." 내 속에서 불끈불끈 뜨거운 색의 열망이 고동칠 때마다 브레이크를 거는 말들이었다.

 어머니도 인정하기는 싫을 것이다. 딸에게 잉태의 기쁨을 주지 못하는 사위가 가게를 내줬고 매달 생활비를 보내 주기 때문에, 딸의 팔자가 기박하다고 속 시원히 풀어놓지도 못한다는 것을. 남편의 공으로 치자면 동생들의 취직에서 출가까지, 지금까지 베풀어온 것들만으로도 차고 넘쳤다.

 점심을 먹고 끝여를 둘러싼 산에 올랐다. 그새 더 자라난 잡목과 마른 수풀들이 산을 뒤덮고 있었다. 고사리를 따먹고 쑥대밭 속에서 노닐던 흑염소도 없어 괴괴한 정적만이 판을 쳤다. 허관의 손을 잡고 뒤따라갔던, 잡목들 사이로 난 오솔길을 찾아 헤맸지만 허사였다. 바윗길로 나가는 길마저 잃게 될까 봐 더럭 겁이 났다. 허관의 말대로 쓰지도 달지도 않게 술을 마신 사람의 눈에만 띄는 곳인지도 몰랐다.

 몸에서 힘이 빠져 앉았을 때 산으로 올라오는 바닷바람이 심상찮았다. 용두봉이 보이는 쪽으로 내달아 바다를 내려다보니 물결이 거칠게 일렁였다.

 낮 동안의 포효가 말짱한 거짓말이었던 것처럼 바다는 긴긴 잠에 빠졌다. 갈매기는 종일 먹을거리를 찾지 못했는지 음충맞게 울어대며 부둣가를 맴돌았다.

십리골

고개를 다섯 개나 넘었는데 또 다른 길이었다. 주지는 고갯길을 잊은 듯 넘다 보면 선착장이 나오고 해변이 나온다고 했다. 멀리로 선착장이 보인다 싶은 지점에 이르면 산속에 난 오솔길이 나타나고, 가파른 오솔길을 따라 내려가면 초막집이 나온다고 했다. 허관과 친하게 지낸 마을 청년이 운신을 못하는 어머니를 모시며 살고 있다는 집이었다.

산속에서 땔감을 구해 아궁이에 불을 지피고 바다에서 한두 마리씩 고기를 낚아 어머니를 봉양하는 청년에게 주지가 전해 주라고 한 부탄가스와 먹을거리들 때문에 짐은 무거웠다. 한 고개를 더 넘고 나서 어쩌면 허관의 소식을 못 듣고 오게 될 나를 위한 배려인지도 모르겠다는 불안감이 스며들었다.

주지의 심부름 때문에라도 십리골은 찾아가야 했다. 여객선이 닿는 마을에서 십 리를 걸어 들어가야 나오는 동네여서 붙은 이름이었다. 어머니만 세상 떠나면 섬을 떠나겠다고 청년은 여태 전기도 달지 않고 산다고 했다. 그러나 허리를 반으로 꺾고 지팡이조차 짐이 되어버린 노모는 청년보다도 건강해서 하루도 빼놓지 않고 십리를 걸어 절에 다녀간다고 했다. 평소에는 허리 한 번을 제대로 펴지 못하는 노인인데, 삼배를 할 때만은 젊은 여인을 무색하게 하는 곧은 자세가 나온다고 했다. 그러나 노인이 무슨 기도를 올리는지는 주지도 모른다고 했다. 아들에게 우렁이 색시라도 하나 걸리게 해달라고 지성을 드리는 것 아니겠냐고 작은스님이 농담을 했고, 공양주가 장단을 맞췄다.

우렁이 색시를 직접 찾으러 섬을 떠나고 싶어 하는 청년이 허관과는 형제처럼, 친구처럼 지냈으니 소식을 알 수 있지 않겠느냐는 주지의 말에 나는 또다시 희망을 품었다. 기대가 크면 실망도 크지 않겠느냐는 빛이 역력한 주지의 표정 앞에서도 가슴이 뛰었다. 주지는 "사람 가고 오는 게 발이 시켜서 하는 것이겠습니까?"로 내 가출을 유야무야 넘기고 있었다.

시아버지의 막재일에 맞추어 남편과 시댁 식구들이 용두도로 들어오기 전날, 허관이 별장이라면서 나를 데리고 간 곳은 폐쇄된 해병 기지였다. 그는 내 손을 잡고 잡목들이 우거진 속으로 다짜고짜 들어갔다. 내무반이라고 간판이 붙은 문을 열자 '영희야 조금만 기다려라. 열 밤만 자면 내가 간다'를 흰 시멘트 벽에 갈겨쓴 두꺼운 매직 글씨가 나타났다.

수년 전, 새 문민정부가 예산 낭비를 막는다는 차원에서

없앴지만, 기지가 있을 때는 물세도 내지 않았고, 한창 바쁠 때는 해병들이 산에서 내려와 일손을 돕기도 해서 마을 사람들은 그 시절을 그리워한다고 했다.

"여기에 솥단지 하나 걸어놓고 나랑 삽시다. 녹슬긴 했지만 수돗물도 잘 나와. 여기 이런 성소가 있다는 건 아무도 모를 거야. 우리의 침실은 기지장실에 꾸미고, 아이들 방은 내무반실에 꾸밉시다."

그는 한걸음에 달려가 기지장실 문을 열어젖혔다. 그가 먼저 와서 청소를 했는지 말끔했다. 창문을 닦은 흔적도 뚜렷했다. 나는 대답을 피하기 위해 벽침대 옆의 책상 서랍을 무심히 열었다. 쓰다만 로션 병, 녹색 안티프라민 뚜껑, 겨울 장갑 한 짝…… 헐고 바랜 물건들이 풀썩 먼지를 날렸다. 녹슨 사다리를 타고 옥상으로 올라갔을 때 지친 듯 널브러져 있는 바다와 잇닿은 지점의 하늘은 푸르고 맑고 잔잔했다. 바다로 뻗어나가는 산 중턱에서 흑염소들이 한가로이 풀을 뜯었다. 갯강구 몇 마리가 허관의 뒤꿈치로 와서 킁킁거리며 냄새를 맡다가 제풀에 놀라 달아났다. "이 녀석들은 뭘 찾겠다고 늘 고개를 처박고 다닐까? 먹이를 찾아 두리번거리는 게 슬픈 건 인간만이 아니거든. 온 산에 식량이 꽉 차 행복한 건 달팽이뿐이야." 허관은 우울한 눈빛으로 갯강구 한 마리를 손바닥에 올렸다.

고개를 넘다 보면 나온다는 주지의 말보다는 십 리를 꼬박 걸어야 나온다는 공양주의 설명이 더 그럴듯한 길이었다. 길 양옆의 산에서 불어오는 바람은 난폭했다. 바람 때문에 잠시 걸음을 멈추면 산비탈 저 아래에서 시퍼런 바닷물이 크게 아가리를 벌리고 넘실거렸다. 잠시 숨을 돌리려고 걸음을 멈추고 내려다보면 꿈속에서 길을 떠나온 듯 막막했다.

이 대명천지에 아직도 아궁이에 불을 때며 살아가는 외딴집이 정말 있기나 한 것인지. 주지스님이 시키는 대로 인절미와 과일을 싼 보자기를 허벅지 위에 내려놓고 앉았다. 힘을 비축해 두면 좀 더 속도를 낼 수 있을 듯했다. 그러나 공양주의 말대로 십 리 길이면 아직 반이나 왔을까 싶다.

마른 나뭇가지 속에서 뒹구는 지팡이를 하나 주워 들었다. 곧 어두워질 기세인 하늘을 올려다보자 지팡이까지 짚고 있는 나조차도 현실감이 없었다. 바람에 나뭇가지 부러지는 소리가 들려올 때마다 숨을 죽이고 멈춰 섰다. 푸드덕 새가 날 때마다 잔 나뭇가지들이 놀라 바르르 떨었다.

마른 잔디 위에 낮은 봉분들이 퍼져 있는 공동묘지 부근에 이르렀을 때 날이 어두워졌다. 온 길이 길어, 그대로 마을이 나타나지 않는다 해도 돌아갈 수도 없었다. 해가 완전히 떨어질 때까지는 무작정 걷겠다는 요량으로 지팡이에 힘을 실었다. 산바람 소리조차 들려오지 않아 나 자신이 이승을 떠난 지 오래된 사람 같은 착각마저 들었다. 무덤에서 막 빠져나와 이승과 저승을 분별하지 못한 채, 왜 사람 그림자 하나 얼씬대지 않느냐고 끝내 어리둥절해하고 있는 귀신……

연못 공사

"미주 엄마가 돈 안 되는 일에 달려들겠어요?"
"일당 넉넉히 쳐준다고 해. 점심 때 집에 가서 민박 손님 밥해 주고 오면 갑절로 버는 거잖아."
"돈을 받으면서도 온갖 생색 다 낼 텐데, 그 꼴을 어떻게 보려고 또 미주 엄마를 끌어들이는지 모르겠네요."
공양주와 주지가 식당에 앉아 옥신각신했다.
"부두에 나가면 겨울 나절이 길어서 하품으로 눈물 마를 새가 없는 여자들 많아요. 절에 연못 만드는 일 도와 달라고 하면 끙짜놓을 사람 하나도 없다구요."
공양주는 주지가 일단락 지은 것으로 알고 작은스님과 다른 얘기 중인 틈을 기어이 비집고 들어갔다.

"미주 엄마가 두 사람 몫은 너끈히 해내잖아요."

작은스님이 주지의 편을 들고 나왔다.

연못을 만들 흙과 자갈을 보내온 건 사량도에 사는 신도였다. 여자들 서넛이 모여 며칠만 일하면 될 것이라고 작은스님이 명쾌하게 결론을 내렸다. 몇 날 며칠 절 마당에 자갈을 쌓아두고 지낼 수 없어 시작하는 일이었다.

"목재와 기와 불사를 해줄 신도가 어서 나와야 용두암 공사도 다시 시작할 텐데요."

작은스님이 주지를 보더니 의논조로 말했다. 그러나 주지는 손수 누룽지 그릇을 끌어가 한 국자를 덜었을 뿐, 그것에 대해서는 가타부타 말이 없었다.

"일꾼 구하는 것도 문제네요. 허관 총각이랑 함께 일했던 목수는 지금 마산에서 아파트를 짓고 있다대요. 그 일 당하고 댈 수나 있어야 불러 보든지 말든지 하지요."

작은스님이 걱정스럽게 말했다.

"나라가 불경기라 사방팔방에 실업자가 넘쳐 난다는데, 그게 걱정입니까? 일꾼보다 재료가 올라와야지요. 정 일꾼이 없으면 우리 둘이 팔 걷어붙이면 될 것 아닙니까?"

"농담으로라도 그런 말씀 마십시오, 스님. 저는 지금껏 성냥개비 집도 만들어본 적이 없는 사람입니다. 스님이 불사금이 안 들어와 고민이 많으신 모양인데, 정 그렇다면 제가 방방곡곡을 뒤져서라도 허관을 찾아내겠습니다. 그 많은 일을 하고도 잘 쉬었다 간다고 편지까지 써 놓은 사람이 아닙니까?"

작은스님이 황망히 손까지 저어댔다. 머지않아 허관이 이곳으로 올지도 모른다는 희망이 내 몸에 금방 온기를 불어넣었다. 나는 공양주가 내 쪽으로 밀어놓은 부추전 접시를 끌어당겨 한 조각을 입에 넣었다.

"미주 아빠는 어떤 사람인데?"

공양주가 싸 들고 올라온 간식까지 먹고 나서 입이 심심해진 십리골 여자가 젊은 여자에게 말을 걸었다. 호미로 흙 속에서 자갈을 추려 내는 일이 단조로워서인지 일 시작하고부터 내내 하품을 일삼던 이였다.

"딸내미 애비가 없지는 않겠지?"

그러면서도 여자는 묻는다고 순순히 대답해 줄 리 있겠냐는 얼굴이었다. 딱히 듣겠다는 심산도 아닌 듯했다. 못 먹는 감 찔러나 본다는 심정으로 툭 던져 본 말인지 장난기까지 섞여 있었다.

"씹할 놈이다."

젊은 여자가 선뜻 입을 떼는 바람에 질문을 던졌던 십리골 여자는 호미질을 멈추고 제풀에 뒤로 물러났다.

"자식 하나 덜렁 떨궈 놓고 나 몰라라 하고 내뺀 놈이 씹할 놈 아니고 뭔데?"

젊은 여자는 진흙 속에서 골라낸 자갈들을 한쪽으로 옮겨 놓으며 말했다. 남들이 자갈을 두 개 골라낼 때 대여섯 개가 넘게 골라내던 그녀는 그만큼 말하는 속도도 빨랐다.

"왜 그런 남자를 좋아했나? 그 얼굴이면 쌔고 쌘 게 사내였을 거구만."

"씹할 놈하고 붙은 년한테 무슨 이유가 있어? 씹하려고 붙어 있었지"

젊은 여자는 이번에도 부질없는 대꾸라는 듯 툭툭거렸다. 관심이나 질문이 귀찮다는 기색이 역력했다.

"이리 툭 차고 저리 툭 차도 가만있는 남자라도 있어야지. 그래야 세상이 만만치는 않아도 쪼매 발이나 붙일 만하지."

지금껏 젊은 여자에게는 말 한마디 붙이지 않고 냉랭하던 아랫마을 여자도 마지못한 듯 입을 뗐다. 지난번 부둣가에서 싸움이 벌어졌을 때, 나이 든 여자 편을 들던 이였다. 그때의 앙금이 아직도 가시지 않아서인지 그녀는 애써 젊은 여자를 외면하고 있었다.

"자식도 몰라라 하고 사는 놈이면 없는 만 못하지."

십리골 여자가 흥분한 목소리로 말했다.

"궁할 때마다 이불 속으로 손 뻗으면 두루뭉술하게 만져지는 것 있는 여자가 남의 심정 알겠나?"

"두루뭉술 좋아한다. 피죽 한 그릇도 못 먹은 남자처럼 실수로 다리라도 얹으면 사시나무 떨듯 하는데."

"그러니까 내가 몸에 좋은 건 시시때때로 해 먹여야 된다고 안 했나? 가을 내내 잠수복 입고 전복 따러 다니더만, 새빨간 초장 찍어 누구 먹인 건데?"

"무슨 소린데?"

"낚싯배 타고 다니는 멋진 도회지 남자라도 하나 낚았냐고 묻는 거다."

"지랄한다."

"이까짓 게 무슨 지랄씩이나? 씹도 못하는 서방놈한테 소라, 숭어 다 먹이는 게 지랄 아니고?"

"진짜 선수를 옆에 두고 늙어빠진 나한테 그러니 그게 지랄이지."

"하긴 낚시 손님이 미쳤다. 도시에 새파란 계집년들 쌨을 텐데, 늙은 년 낚으려고 여기까지 오겠나?"

두 여자들은 저희들끼리 주거니 받거니 해가며 웃음보따리를 풀어놓았다. 외나무다리에서 원수 만난 듯 젊은 여자에게 냉랭했던 아랫마을 여자도 농담 몇 마디로 풀어내고 나니 새삼 일할 맛이 나는지 자갈 고르는 폼이 제법 활기

찼다.

"듣자니까 딸이 심장이 약하다면서? 몇 년마다 수술을 해줘야 한다면서?"

젊은 여자를 밑천으로 한참을 웃고 즐긴 게 미안해졌는지 십리골 여자가 슬그머니 웃음을 죽이며 물었다.

"작년에 했으니까 한 몇 년은 잊어버리고 있어도 돼요."

젊은 여자가 시큰둥하게 대답했다.

"수술이면 큰돈 들겠네."

"그렇지요."

젊은 여자는 이번에도 마지못한 듯 대꾸했다.

"그래서 그렇게 악다구니 써 가며 돈 벌었나 보네. 아랫마을에 억센 년이 기어들어 왔다고 십리골까지 소문이 파다하더니만."

십리골 여자가 호미질까지 멈추며 고개를 끄덕여 대자 아랫마을 여자가 사래 들린 것처럼 연신 헛기침을 해댔다.

딸 얘기가 나오면서부터 호미를 내려놓고 두 손까지 탈탈 턴 젊은 여자는 보온병을 열고 쿨쿨쿨 소리가 나게 커피를 따랐다. 그러고는 허벅지까지 빠지며 논일을 하고 나온 농부가 물 한 사발을 들이키듯 순식간에 커피를 없앴다. 공양주의 심부름을 간 내게 일당이 얼마냐고 묻던 당찬 표정은 눈을 씻고 봐도 없었다.

젊은 여자는 9층탑 한쪽 구석에 서서 담배를 빼물었다. 담뱃불은 한순간 피어올랐다가 수줍은 듯 사그라졌다. 지금 할 일이란 그것밖에 없다는 듯 그녀는 시선을 멀리 던져 두고 담배만 뻐끔뻐끔 빨아댔다. 세상살이가 담배 한 대 태워 없애는 것만큼 짧지 않은 게 유감스럽다는 듯 불만 어린 여자의 표정을 나는 멀거니 바라보았다.

시어머니 주장처럼 세상살이가, 주도면밀하면 속아 넘어가 주는 아량을 베풀 줄도 아는 것이라면 용두도 끝여 주변의 바위에서 내 몸에 들어앉은 핏덩이를 긁어 내지는 않았을 것이다. 아니, 막재를 지내고 남편과 나란히 여객석에 오르던 내 뒷모습을 바라보던 허관을 철저하게 외면하지는 않았을 것이다.

남편에게 허관과의 관계를 털어놓은 게 밝은 햇살 아래 당당히 얼굴 쳐들고 싶어서는 아니었다. 그것이 남편의 분노를 넘고, 증오를 넘고, 체념을 넘어 연민을 불러내기를 바랐다. 내 인생의 주사위를 슬며시 남편에게 넘긴 것이다.

남편은 엉겁결에 받아든 주사위를 들고도 허둥대지 않았다. 어떤 놈인지 알아야겠다고 살의 띤 눈빛을 들이대지도 않았다. 시아버지 사십구재를 위해 갔었던 섬에서 불미스러운 일이 있었다고 애가 닳아 낱낱이 고해바친 건 나였다. 남편이 미간을 찌푸리며 날카로운 눈빛을 발산했던 것 같기는 하다. 그러나 나를 향해서는 아니었다. 나는 딱 한 번의 실수로 생긴 일이라는 거짓말은 하지 않았다. 대신 쥐도 새도 모르게 자식을 하나 얻고 싶었다고 고백했다. "앞뒤 생각 못했어. 제정신이 아니었다구." 선처를 바라지 않는 참회자의 표정이 자연스럽게 연출되자 생각지도 않았던 눈물이 쏟아졌다. 뺨을 타고 목까지 흘러내린 눈물은 엄청난 위력을 발휘했다. 펌프처럼 내 몸 곳곳에서 눈물을 뽑아 올렸다.

허관과 함께한 시간들은 내게조차 불분명했다. 그러나 나는 남편 앞에서 말하고 있었다. 아이를 하나 얻고 싶어 내 정신이 아니었다고. 그리고 내 입에서 나온 말에 나조차도 놀랐다. 그것은 허관의 넓은 가슴과 단단한 근육질과 살 냄새에 포박당했었던 시간들을 더없이 명확하게 만들어주고 있었다.

그러나 남편은 내게 벌을 내리지 않는 대신에 자신의 감정도 내비치지 않았다. 그래서 나는 별수 없이, 남편에 대한 최소한의 예의로 마지막까지 임신 사실을 함구한 것을 다행스러워했다. 남편을 자극하는 데 혈안이 되어 내 세 치 혀가 자동인형처럼 나불나불대지 않은 것에 죽도록 감사했다.

새끼 손가락만 하게 자라 있는 뱃속의 아이를 죽이고 온

날, 나는 화원에 전화해 방울토마토 모종을 대량으로 주문했다. 베란다 가득 흙을 깔고 밭을 일구었다. 탱글탱글한 열매가 차고 넘쳐 가지가 휘어지면 대나무를 꽂아 실로 칭칭 감아주고 싶었다. 흙 속에서 우동 가락만 한 지렁이가 올라오고 두엄이 더운 기운을 숨이 막히게 뿜어 올릴 때 땅 저 밑에서는 씨앗이 사지를 비틀며 꿈틀거리고 있다고, 모든 생명들은 다 그렇게 태어난다고 나는 시위라도 하고 싶었다.

젊은 여자는 꾹꾹 눌러 불을 끈 담배를 담벼락 아래 마른 풀밭 속으로 쑥 내던졌다. 나는 여자에게 담배 한 가치를 얻어 피우려던 마음을 거두었다. 그녀는 팔자가 좋아 여행을 다니는 여자 따위에게 쏟을 관심은 없다는 듯 나를 대할 때마다 매번 냉랭했다. 나 역시 내장까지 다 드러내 보이는 그녀가 거북했다. 이유는 알 수 없었다.

사랑 타령

다 차려진 아침밥을 먹지 못한 건 댓바람부터 절에 올라온 젊은 여자 때문이었다. 젊은 여자가 식당으로 들어오는 것을 보고 주지는 무슨 눈치를 챘는지 표정이 불편해 보였다. 의자에 막 앉으려던 공양주도 놀란 염소처럼 눈이 똥그래졌다.
"우리 미주 좀 맡아주세요. 당분간만요. 그렇게 오래 걸리지는 않아요. 언제까지라고 약속할 수는 없지만 꼭 돌아올게요."
여자는 주지 옆으로 가더니 다짜고짜 말했다.
"무슨 말인지 차근차근 해봐."
주지가 꾸짖듯 말했다.
"미주 아빠가 병원 중환자실에 있대요. 부인이 나 몰라라 하고 돌아앉아 간호해 줄 사람도 없구요. 나랑 미주 때문에 집안에서 미움 받고 살았나 봐요."
"죗값이 없으면 어디 인간 세상이야 천국이지?"
"그런 말 듣자고 온 게 아니에요."
여자는 또박또박 대꾸했다.
"지금껏 자식도 몰라라 하고 살아온 남자 찾아가서 뭘 어쩌려고?"
"죽게 할 수는 없잖아요. 간이 다 망가졌대요. 간병인보다는 내가 낫겠죠. 미주 아빠잖아요. 아빠 없이 산 년이라 미주한테 그런 서러움은 남겨 주고 싶지 않아요. 아빠 없이 사는 게 어떤 건지 상상이나 해보셨어요?"
"왜 너를 낳으라고 했냐고 따지러 온 모양이구나?"

"스님이 제 부탁을 들어주지 않으면 그럴 작정이었어요."
"네가 세상에 태어난 건 내 뜻도 아니고, 네 어머니 뜻도 아니다. 그건 누구도 모른다. 그걸 알면 누가 이 진흙 구덩이 속에서 살겠어?"
"그런 말을 듣자는 게 아니에요. 미주를 맡아주시라고요. 곧 돌아와요."
"그래. 아주 오랜 옛날에 난 네 어머니를 사랑했다. 지금은 날개 단 나비가 유충 시절 떠올리는 것처럼 무의미한 일이야."
"그런 말을 듣자는 게 아니라구요. 그래요. 내가 뭘 숨기겠어요. 미주 아빠 눈감기 전에 내 몫을 받아 내야겠어요. 미주를 낳았으니 죽기 전에 우리 앞으로 무엇이든 떨어뜨려 주고 가야지요. 내가 그 인간한테 정이 남아 이러는 줄 아세요?"
여자는 속을 털어 내 시원하다는 투였지만 금방이라도 눈물을 쏟을 것처럼 울상이었다.
"나도 이 꼴을 보이자고 용두도에 들어온 건 아니었어요. 평생 이대로 살다가 늙을 자신이 없어요. 미주 수술이라도 시키려면 이번 기회에 한몫 단단히 챙겨야겠어요."
"뿌린 씨앗은 거두어야지. 사랑을 해도 아름답게 해야 한다고 내가 몇 번을 말했어?"

"사랑 타령 하고 자빠져 있을 만큼 한가한 년이 아니라서요."

"스님이 그 고상한 부처님 공부를 하겠다고 우리 곁을 떠나고 나서 우리 어머니가 어떻게 살았는지를 말하자면 밤을 새워도 부족해요. 승적에 이름 올리기 전 일이라고 나 몰라라 한다면 나도 할 말은 없지요. 살길이 캄캄하니 저도 이판사판이에요. 우리 어머니는 스님이 아니었으면 약 먹고 콱 죽어버리려고 했데요. 스님이 지켜 주겠다고 약속하셨다면서요. 나를 태어나게 한 것도 스님이니, 내가 돌아올 때까지 미주를 책임져 주세요. 오래 걸리지 않아요. 우리 미주만 아니었으면 저도 진작에 혀 깨물고 죽었어요. 제 말 아시겠어요?"

주지는 동요도, 대꾸도 하지 않았다. 수년 전의 일을 해명하거나 변명할 마음은 애당초 없는 듯했다. 여자는 공양주가 국이나 한술 뜨라고 권했지만 들은 척도 하지 않았다. 주지가 미주를 맡아주지 않으면 숫제 그 자리에서 돌이라도 되겠다는 심산인 듯했다.

"이역만리 돈이라도 벌러 떠난다면 내가 미주를 못 맡아주겠어? 옳은 일을 하겠다고 해야 장단을 맞추지. 말을 알아듣는 사람이라야 어르고 달래고 신신당부를 하지."

주지는 성큼 일어나 식당을 나갔다.

풋사과처럼 시리고 찬 기운이 사방에 퍼져 있었다. 여자는 홀레붙다 돌멩이 맞은 똥개처럼 뒤를 보고 또 보며 용두사를 빠져나갔다. 주지에게 확답을 못 받아서인지 쇠고랑을 끌고 가는 것처럼 발걸음이 무거워 보였다.

콩나물국을 데우고, 부추 빈대떡이 나오고, 다시 차려진 식탁은 풍성했다. 그러나 주지는 누룽지 한 그릇만 말없이 비웠다. 공양주의 성의 때문에라도 그냥 말 수 없다는 듯 작은스님이 부추전 한 조각을 먹었고, 나는 콩나물국에 밥을 조금 말아 꺼칠한 속을 달랬다. 공양주만이 부추전과 밥 한 그릇을 깨끗이 비웠을 뿐, 다들 걸쭉한 음식상이 부담스러운 얼굴이었다.

대웅전 옆 등나무 벤치로 바람을 쐬러 나갔을 때 주지가 앉아 있었다.

"뼛속으로 찬바람이 들어오면 정신이 번쩍 들 때가 있어서요."

주지는 시름에 잠겨 있는 것을 내게 들킨 게 불편한 기색이었다.

"미주 엄마, 내 첫사랑이었던 여인이 낳은 딸이지요. 쳐다보는 것도 아까워서 아끼고 아꼈더니 하나밖에 없는 친구놈이 덥석 채가서 아이까지 만들어놓고 사라졌어요. 죽겠다고 목매달았던 여인 앞에서 평생 책임지겠다고 혈서까지 썼지요. 세상에 목숨 갖고 나온 것들은 다 살게 되어 있다고 떼겠다고 고집하는 아이도 낳게 했어요. 결혼만 시켜 주면 모든 문제가 다 끝날 줄 알고 죽자 사자 부모님께 애걸했는데 그새를 못 참고 여인이 나를 떠났지요. 딴에는 나를 사랑해서였던 모양인데, 그 나이에 누가 사랑을 압니까? 안다 한들 그게 어디 영원한 것이겠습니까?"

주지의 낯빛은 침울해 보였다.

등나무

"약 사려면 큰 섬 나가야 되는데, 하필 배도 못 다니는 날에 아플 게 뭐야?"

공양주가 대추차를 들여 주고 가며 혀를 찼다.

"팔자 도망은 못한다는 말도 있긴 하지만……." 허관을 찾아 사막도로, 십리골로, 육지도로 나다니는 나를 볼 때도 공양주는 중얼댔었다. 짐가방을 들고 용두사로 들어섰을 때 예사 방문은 아닌 듯하다는 직감이 들었다고, 뒤늦게 털어놓기도 했다. 육십 평생 살다 보면 육감이 발달해 눈앞의 것들보다 더 생생하게 보이는 것들이 있다고.

틈만 나면 내게 무슨 말을 할 듯 말 듯 하더니 간밤에는 기어이 "여자는 팔자 편한 게 최고다. 남자가 돈 많이 벌어다 주고, 사지육신 뒹굴뒹굴 할 집 있으면 뭘 더 바래? 자칫 실수로 초장부터 인생 끝장내는 여자들 내 심심찮게 봤다. 나이 육십을 거저먹은 줄 아나? 긴 것 같아도 한세상 금방이다." 했다.

"대추차보다는 이게 낫겠다. 몸에 열이 나는 것을 보면 감기야. 절에 약이라곤 이것뿐이다."

쌍화탕을 들고 와 나가지 않는 공양주의 등살에 억지로 몸을 일으켰다. 그리움이 수차례 가슴을 핥고 지나갔다. 외딴집의 청년이나 우체국 집배원에게 허관의 소식을 들었다면 가라앉을 바람이었을까?

허관이 욕지도에 사는 우편집배원과 각별한 사이였다는 말을 전해 준 건 주지였다. 우편물 때문에 이틀에 한 번은 들른다고 했지만 가만히 앉아 기다릴 여유가 없었다. 인근의 몇몇 섬들은 여객선이 들어가지 않아 고깃배를 이용해서 우편물을 실어 나르는데, 허관이 집배원과 동행한 적도 있다고 했다.

욕지도에서 만난 우편집배원은 "허관이 어디로 갈지는 자기도 모른다고 하대요. 어디로 가든 자기는 잘 살 거라고 걱정은 말라고 했어요. 내 생각이 나면 언제든 찾아온다고요. 우리 마을 영감님이 그놈을 좋아해서 축사 책임자로 앉히려고 했는데 싫다고 했나 봐요. 여기저기 가 보고 싶은 곳이 많다고 했다대요." 했다. 그날, 축사가 있는 층 바위에서 여객선이 닿는 선착장까지 찬바람을 맞으며 걸어왔다. 막배 뱃머리에 서서 허깨비처럼 쓰러져 내리려는 몸을 무방비 상태로 두었다. 강풍이 몰아칠 기미로 파도가 심상찮아 뱃멀미까지 가세했다.

 법당 옆의 등나무 벤치는 한봄의 무성함을 사라진 신화나 전설로 만드는 데 더없이 완벽했다. 마른 잎 하나 남지 않은 등나무를 나는 꼭 그래야 할 것처럼 오래 올려다보았다. 뿌연 잿빛 하늘만이 눈에 넘쳤다.

 "내게 작별 인사를 안 했으니, 다시 오겠다는 말이 아니겠습니까?"

 주지가 밤색 슬리퍼를 끌며 다가와 앉았다. 나는 그의 시선을 피했다. 심장이 뻥 뚫린 듯 스산해진 마음을 누군가에게 들키고 싶지는 않았다.

 "올 여름엔 등꽃이 유난히도 성대했지요. 저 십리골 사시는 나이 든 보살님은 내년에도 이곳 등꽃을 보겠다고 손을 꼽고 있답니다. 보랏빛 꽃잎 속에서 사랑의 결실로 행복해하는 아름다운 남자와 여자가 보인다나요."

 내년이면 딱 백 살을 채우는 늙은 보살은 지팡이를 끌고 이곳에 온다고 했다. 더도 덜도 아니게 쌀 한 주먹을 담은 봉지를 법당 문 열어 삐죽 밀어 넣고는 한나절이 지날 때까지 벤치에 앉아 곰방대를 물고 있다 간다고 했다. 주지가 계단을 올라와 점심 공양을 하시라고 권해도, 공양주가 고구마전이나 떡을 들고 올라와 내밀어도 손을 내저었다. 등꽃이 무성했던 흔적을 지워 가던 어느 날, 늙은 보살이 주지에게 말했다. 백일 지난 증손자의 옹알이도 아니고, 똑똑해서 나랏돈으로 유학 갔다 온 큰손자놈이 데려온다는 새색시 때문도 아니고, 도시 사는 효자 아들이 내놓는 두둑한 용돈 봉투도 아니고, 내년에 필 등나무꽃 때문에 오래전에 힘이 다 빠져 버린 몸뚱어리를 아직도 내려놓지 못한다고.

　풍경들이 시시각각 울어대는 속에서 나는 보랏빛 꽃잎들이 뭉텅뭉텅 매달릴 훗날을 기원했다. 감기에 찬바람이 좋지 않다고, 하나 마나 한 소리라는 걸 모르지 않는다는 빛을 여실히 풍기며 주지가 들어가고 나서도 정물처럼 벤치에 앉아 있었다.

　허관을 만난다면 온몸으로 불어닥치는 이 바람줄기가 가라앉을까? 어쩌면 이대로 허관을 만나지 못할 수도 있다는 생각이 들었다. 아니, 처음부터 허관을 만나기 위해 집을 떠나온 게 아닌지도 모른다고. 그러자 이상하게 마음이 조금 편안해졌다.

해병 기지

 허관이 살림을 차리자던 해병 기지를 찾아냈다. 그동안 몇 번의 시도에도 찾지 못했던 건, 작년 태풍 때 거목들까지 쓰러졌다는 것을 몰라서였다. 쓰러져 누운 나무들로 오솔길 입구는 물론 길 곳곳이 막혀 있었다. 나뭇가지에 정강이를 찔려가며 레이더 기지 근방까지 왔을 때 해병 기지로 향하는 길이 훤히 뚫려 있었다.
 기지장실 문을 열었을 때, 둥근 나무 의자 두 개가 돌침대 옆에 놓여 있었다. 큰 나무의 밑동을 그대로 잘라서 다듬은 게 제법 매끈매끈했다. 사방 구석에서 뒹굴던 신문지와 군모, 끈 풀린 신발 등이 치워져 방은 말끔했다.
 허관의 손길을 찾으려고 내무반실에 들어가 보고, 식당에 들어가 보고, 녹슨 사다리가 끊어져 도저히 올라갈 수가 없게 된 옥상을 고개를 쳐들어 바라보았다.
 한여름이면 초소병들 머리 위로 그늘을 드리웠을 나무에 밧줄을 묶어 만든 그네도 발견했다. 허관의 작품일까? 그네는 나무판자 위에 폐타이어까지 통째로 붙여 놓아 한눈에도 안정감이 느껴졌다. 발을 굴려 몸을 밀면 멀리 동백이 피는 곳까지 나아갈 듯 긴 그넷줄을 매달며 허관은 무엇을 꿈꾸었을까?

폐타이어에 깊이 엉덩이를 묻고 상체만 간당간당 놀리며 나는 유람선이 지나가고 있는 바다로 시선을 돌렸다. 도금한 반지처럼 후일을 기약할 수 없는 것들에 기대어 허관은 행복했을까?

화장실로 들어가는 길 한쪽을 운 좋게 차지하고 무성히 자란 갓잎 위에서 기어 다니는 무당벌레 두 마리를 잡아 페타이어 위에 앉혔을 때, 녀석들은 파르르 날개를 펴더니 각자 반대 방향으로 달아났다. 나는 우두커니 서서 빈 그네를 바라보았다.

무언가가 뒤에서 자꾸만 잡아채는 듯해 또다시 이 방 저 방 문들을 열어보다가 기지장실 창가에서 바싹 마른 들꽃 무더기를 발견했다. 플라스틱 생수통에 꽂혀 먼지를 날리고 있는 그것을 뽑아 부서진 문짝들이 나뒹구는 옆에 던졌다.

젊은 여자와 마주친 건 산을 다 내려와 끝여 바윗길로 접어드는 길에서였다. 그녀가 나를 보자마자 슬며시 등 뒤로 감춘 건 마개를 따지 않은 소주병이었다. 가볍게 목례를 나누려던 나를 여자는 싸늘히 외면했다. 나와 우연히 마주친 게 귀찮고 불쾌하기조차 한 표정이었다. 나 역시 여자가 염치 불구하고 함께 소주라도 마시자고 할까 봐 은근히 신경이 쓰였었다. 세상의 고난은 혼자 다 짊어진 듯 스산하고 강파른 그녀와 길게 말을 섞고 싶지는 않았다.

비경

"썩을 것, 그런 몹쓸 생각 할 틈 있으면 여기 와서 콩나물 다듬는 거라도 좀 도와주지."

공양주는 아직도 놀란 가슴이 가라앉지 않는 모양이었다. 점심 먹고 일을 돕겠다고 몰려든 동네 여자들은 몇 시간째 젊은 여자를 화제 삼았다.

"시체가 떠오르지 않게 하려고 큰 돌덩이에 몸을 감고 들어갔다면서?"

"그럼 물살이 센 곳이라 돌덩이가 떨어져 나갔구만."

"워낙 깊고 물살이 휘도는 곳이라 떠내려가지 못하고 떠올랐는데, 유람선이 지나가다가 발견했대."

"참 독하네. 미리 밧줄까지 준비했을 거 아냐?"

"소주도 서너 병이나 마셨대. 바위틈에서 농약병이랑 소주병이 나왔대."

"처음부터 여자가 정이 안 가고 좀 이상했어. 이 동네 여자들이랑 친하게 지내려고도 않고."

"좀 있다 양식장에 고기밥 주러 나가야 되는데, 섬뜩해서 바다에 못 나가겠네."

"아이 아버지한테 돈이라도 받으려고 갔는데, 돈은커녕 본처한테 몸뚱어리를 다 뜯겼대요. 남자가 중환자실에 누워 오늘내일 하고 있다는데, 호적에도 안 오른 년이 와서 알짱거린다고 콧김이나 뿜었겠어?"

"주지스님과는 정말 어떤 사이래요? 가까운 친척이라는 소문도 돌던데. 그래도 미주 엄마가 무서워하는 사람은 주지스님밖에 없잖아요."

이장댁이 공양주에게 바싹 다가들며 물었다.

"나도 모르네. 이러쿵저러쿵 남의 말 할 시간 있으면, 콩나물 대가리 하나라도 더 딸 거구만."

공양주는 묵묵히 콩나물을 다듬으며 대꾸했다. 양산의 한 사찰에서 방학을 맞은 초등학생들이 와 이박 삼일 묵어 가기로 되어 있어 그녀는 정신이 없었다. 나는 일을 돕기 위해 앞치마를 둘렀지만 젊은 여자가 자살 소동을 벌였다는 소식으로 칼을 잘못 놀려 두 번이나 손을 찔렀다. 병원에서 위 세척을 하고 있다는 여자를 보기 위해 통영에 나간 주지는 오후 배로도 들어오지 않고 있었다.

"당장 먹고살 일이 막막하면 무슨 생각인들 못하겠어. 그래도 애 아빠가 모른 척하지는 않을 거라고 믿고 있었던 모양인데, 병 걸려 덜컥 죽게 생겼으니 눈에 뵈는 게 없었겠지."

"죽이든지 살리든지 알아서 하라고 미주를 본처한테 던져 주고 와서 그런 일을 벌였다고 하대. 어찌 됐건 그 집

안 핏줄이니까."

"딸까지 넘겨줘 버리고 나니까 세상 살기 싫어졌나 보다."

"스물여덟이면 팔자를 고쳐도 열두 번은 고칠 판인데 죽기는 왜 죽어?"

"그나저나 하필이면 왜 거기 가서 죽을 생각을 했을까? 아침나절에 사람들이 몰려 있기에 나도 한번 가봤더니 경치가 기가 막히더라. 절벽 밑에 그런 절경이 있는지 오늘 처음 알았어."

"그래도 미주 아빠가 돈깨나 만지는 집 자식이라고 하더만. 횟집 차려서 미주 엄마를 책임자로 앉혀 주겠다고 꼬셨대. 미주 엄마한테 직접 들은 것도 아니고, 미주 아빠한테 들은 것도 아니니까 나도 그만 입 다물란다."

동네 여자는 말은 그렇게 했지만, 상황만 허락된다면 밤을 새워서라도 근질거리는 입을 풀어보고 싶다는 얼굴이었다.

일이 손에 잡히지 않아 식당을 나왔다. 검은 도둑고양이 한 마리와 눈이 마주친 건, 언제까지 죽치고 용두사에 있을 수는 없다고 생각하며 마루에 우두커니 앉아 있을 때였다.

녀석은 선방 지붕 위에 터줏대감처럼 앉아 생선 한 마리를 꼼꼼히 발라먹었다. 내가 빤히 바라보는데도 서두르거나, 여차하면 도망칠 기미도 보이지 않았다. 녀석이 이리저리 뒤집어가며 느긋하게 먹고 있는 생선은 한눈에도 크고 통통했다. 씨알 굵은 감성돔을 기대하며 겨울 낚시에 나선 이들의 어망이나, 주인이 해찰하는 사이 매운탕집 대야에서 물고 도망쳐온 것이리라.

 방자한 녀석. 내 입가에 절로 웃음이 퍼졌다. 주지는 물론 공양주나 속인들조차 이곳에서는 바지락 한 조각 입에 대지 않았다. 그것을 비웃기라도 하듯 녀석은 깨끗이 살을 발라먹고 남은 생선을 마당으로 툭 내던지기까지 했다.

 고민을 잠시 잊게 해준 웃음이 사그라질 때쯤, 나는 집에 두고 온 총총을 어쩔 수 없이 떠올렸다. 고양이를 기르겠다고 할 때부터 시큰둥했던 남편을 젖혀 두고, 나는 녀석에게 총총이라는 이름을 지어주었다. 잠까지 축내 가며 지은 이름은 내 마음에 쏙 들었다. 그러나 녀석은 번번이 나를 실망시켰다. 어느 날은 하루 온종일 소파에 늘어져 잠을 잤고, 베란다 가득한 빨간 토마토를 한 알쯤 따보는 호기심도 없었다.

 누런 털빛 고양이 앞에 녀석을 내려놓았던 날을 끝으로 나는 더 이상의 미련을 버렸다.

 놀이터 미끄럼틀 위에 올라 긴 등을 활처럼 늘여 아래를 내려다보다가 단숨에 뛰어내리곤 하던 누런 털빛 고양이.

어느 날 나는 녀석이 벤치 위에 앉아 길게 하품을 하는 것을 발견하고, 그 옆에 살그머니 총총을 내려놓았다. 총총이 기겁을 하고 내 품으로 파고든 건 누런 털빛 고양이가 고개를 돌려 총총의 얼굴에 숨을 뿜어냈을 때였다. 총총은 놀라서 심하게 도리질을 치다가 내 새끼손가락을 물어뜯었다.

녀석은 남편의 보호를 받으며 잘 지내고 있을 것이다. "평화롭고 나른한 오후의 풀밭이 있는 그림 속에서 막 걸어 나온 녀석 같아." 집 안이 어수선해지는 건 질색이라며 총총을 달가워하지 않았던 남편은 시간이 지날수록 녀석에게 애정 어린 눈길을 보냈다.

대마도

온 마을이 바람 소리에 갇혀 있었다. 바다의 배들이 널을 뛰듯 파도에 휘둘리고, 거리는 사람 구경조차 힘들다고 했다. 강풍주의보로 여객선이 운행하지 않는다고, 아침부터 이장이 방송을 해댔다.

가두리 양식장에 사료를 뿌려 주러 간 마을 남자가 배와 함께 전복되는 사고를 치른 게 몇 시간 전이었다. 먼 곳의

육지들도 폭설주의보로 교통사고가 폭증하고, 항공기가 전면 결항되고, 뱃길이 끊겨 전국이 몸살을 앓고 있다고 텔레비전에서도 온종일 떠들어댔다. 기상예보는 올해 들어 제일 추운 날이라고 발표했다.

온몸에 된서리를 맞은 것처럼 앓다가 일어났을 때 주지가 찾는다고 작은스님이 전해 왔다.

"허관 총각의 소식이 날아왔지요."

주지는 작설차를 우리고 있었다.

'잘 있답니까? 어디에 있답니까?' 마음이 급했지만 나는 주지가 내놓은 방석에 앉아 다음 말을 기다렸다.

"대마도에 다녀온 부산의 신도 한 분이 용두암 얘기를 하는 젊은이를 만났다는데, 아무래도 허관 같습니다."

"잘 있답니까?"

그곳에서 대체 무엇을 하느냐는 말이 튀어 나가려는 것을 누르고 내보낸 말이었다.

"한국 관광객들에게 이름난 낚시터를 소개하고 데려다 주는 일을 하고 있다는군요. 언제 일본 말을 배웠는지 일본 사람들과 곧잘 말이 통하더랍니다. 용두암 문짝들은 다 자기 손으로 깎았다고 하는 것을 보면 허관이 틀림없지요."

낚싯배를 몰면 숙박은 어디에서 하고 있다는 것인지, 이곳에는 돌아오지 않을 요량인지 걷잡을 수 없이 많은 질문들이 앞을 다퉜다. 허관의 소식을 알기만 해도 가슴속을 휘도는 바람을 잡을 수 있을 것 같던 마음이 금방 또 그리움을 몰아왔다.

"날이 맑은 날 용두봉 정상에 서면 대마도까지 보인다고 합니다. 내 눈에는 그 섬이 그 섬 같아서 좀체 대마도를 가려내기 힘들지만요."

주지가 따라준 작설차는 평소보다 쓴맛이 났다. 몸에서 불덩이가 다 빠져나가지 않은 것일까? 오늘 아침 커피가 당겨 캔을 따 들었을 때도 몸에서 받지 않았다.

"허관이 대마도 쪽을 향해 뻑뻑 담배 연기를 날릴 때부터 용두도를 떠나고 싶어 했다는 것을 알아챘어야 하는 건데 그랬습니다."

주지는 자꾸만 찻주전자를 열어 안을 들여다보았다. 더 이상은 내게 할 말이 없다는 의사 표시 같았다.

아마 전생에서도 나는 늘 목이 마른 여자였는지 모른다. 똑같은 것을 보고 사람들이 각각 다르게 반응하는 것은 각자의 전생과 습이 다르기 때문이라고, 주지가 말했었다.

민둥민둥한 머리를 만져 보며 남몰래 눈물을 흩뿌리곤 했던 행자 시절, 주지는 스님들의 염불 소리가 들려올 때마다 자기도 모르게 웃음이 터져 나와 견딜 수 없었다고 했다. '이 세상에 부처님과 비할 자가 아무도 없도다.'라는 뜻인 '시방세계역무비'가 영락없이 '시발새끼 엿먹어'로 들리더란다. 한때는 자신을 배반하고 친구의 아이를 낳은 여자를 평생 행복하게 해주겠다고 결심했던 그는 스물넷의 나이에 집을 떠났다. 아버지 죽고 집에 먹을 것이 없어 열두 살에 절로 보내졌던 삼촌의 손에 이끌려서였다. 작은 산 밑에 있는 절로 들어가 머리를 깎은 그는 하루에도 몇 번씩 제 머리를 만져 보았다. 민둥민둥한 머리통이 제 것이 아닌 것 같은 마음을 영 지울 수가 없을 것 같아서였다. 삼십 평생 절밥을 먹고 산 그의 삼촌은 "네 눈에는 보이지 않지만 다른 세계가 있는 거란다."라고 했다. 눈에 보이는 세계도 다 보지 못한 그는 뒤로 남겨지는 산길을 보고 또 보았다. 거기에 한번 들어가면 더는 밟아보지 못할 것 같은 긴 길이 놓여 있었다.

'시방세계역무비'가 제 음과 제 뜻 그대로 들어오기까지 주지는 무엇을 보았을까? 눈에 보이는 것이었을까, 보이지 않는 것이었을까?

'시방세계역무비'를 온 산이 울리게 염불할 줄 아는 주지도 갑자기 나타난 옛 여인의 딸 때문에 아파하는 것을 보면 보이는 세계와 보이지 않는 세계 사이에 또 다른 세계가 있는지도 모르겠다.

대마도에서 낚싯배를 몰고 있다는 허관도, 대마도가 마

음만 먹으면 한달음에 갈 수 있는 땅이라는 사실도 내 인생과는 하등의 관계가 없는 듯 어지럼증이 몰려왔다.

한 젊은 아내가 죽음을 눈앞에 두고 남편에게서 자신이 죽은 뒤 어떤 여자도 사귀지 않겠다는 언약을 받아 냈다. "당신이 약속을 지키지 않으면 나는 귀신이 되어 당신을 괴롭히겠어요." 그러나 아내가 죽은 지 두세 달이 지나 남편은 다른 여자를 사랑하게 되었다. 그러자 죽은 아내의 혼령이 매일 밤 찾아와 남편을 괴롭혔다. 아내는 남편이 새로 사귄 여자와 나누었던 대화들도 속속들이 알고 있었다. 남편은 더 이상 고통을 참을 수 없어 명상 수련을 하던 선사를 찾아가 도움을 청했다.

선사는 말했다. "당신의 아내는 귀신이 되어 당신이 어떤 행동을 했는지를 다 알고 있소. 당신이 새 여자에게 어떤 선물을 했는지도 알고 있소. 현명한 귀신임에 틀림없소. 정말 당신이 놀랄 만해. 그러나 다음에 귀신이 또 나타나면 질문을 하나 하도록 하시오. 그리고 아내가 그 질문을 맞히면 평생 홀아비로 살아가겠다고 말하시오" 남편은 선사에게 물었다. "죽은 아내에게 대체 무슨 질문을 하라는 겁니까?" "완두콩을 한 손에 가득 움켜쥐고 그 귀신에게 주먹 속의 완두콩이 모두 몇 개나 되는지 맞혀 보라고 하시오. 만일 그 귀신이 답변을 하지 못하면 그 귀신은 당신 자신이 만들어 낸 환상일 뿐이오. 만일 이 사실을 당신이 깨닫는다면 귀신으로 인해 괴롭힘을 당하는 일도 더 이상 없을 것이오." 선사가 대답했다.

그날 밤 귀신이 나타나자 남편은 미소를 지으며 말을 건넸다. "당신은 모든 것을 알고 있구려." "물론이에요. 그리고 나는 당신이 오늘 어떤 선사를 찾아갔던 일도 알고 있어요." 귀신이 대답했다. "당신이 그렇게 모든 것을 꿰뚫어 알고 있다면 내 주먹 속에 있는 완두콩이 몇 개인지 한번 맞혀 보구려." 남편이 말했다. 그러자 귀신은 곧바로 사라져 버렸다.

나는 공양주가 약이 되는 것들을 이것저것 넣고 달였다는 쓴물을 한 사발 들이키고 죽은 듯 자고 싶었다.

쑥

공사가 마무리되지 않은 용두암으로 가는 길은 바람이 앙칼졌다. 부지런히 몸을 놀려 열을 내지 않으면 몸이 날아갈 듯했다. 바람이 부는 대로 몸이 휩쓸리는 산언덕을 넘어올 때까지 주지는 팔짱을 끼고 걷기만 했다.
 굽이굽이 이어진 길을 지나 산언덕을 또 하나 넘자 나지막한 산비탈이 나왔다. 풀 죽은 갈대들이 지난 가을의 영화를 반추하듯 쓸쓸히 누워 있었다.
 "겨우내 이렇게 햇볕이 좋은 곳도 없을 겁니다. 마을에서는 폭풍이 몰아치고 배가 부서져도 이곳은 사시사철 햇살이 쏟아져 내리지요. 저 옆쪽 길가에선 코스모스들이 가으내 잔치를 벌였답니다. 저 토종 국화 좀 보세요. 한겨울에 세월을 모르잖습니까? 산비탈 하나를 경계로 이렇게 양분되는 세계가 있지요."
 산비탈 아래로 바다가 끝없이 펴져 있었다. 지중해 빛 바다 한가운데 용 한 마리가 금방이라도 하늘로 오를 듯 고개를 바짝 쳐들고 있었다. 멀리로 크고 작은 섬들이 그림처럼 떠 있었다.
 "당장 대마도로 가겠다고 짐을 꾸릴 줄 알았습니다."
 주지의 목소리엔 농담과 진담이 반반씩 섞여 있었다.
 "권할 작정이셨습니까?"
 나는 주지의 표정을 살피며 물었다.
 "제가 권하면 갈 생각이셨습니까?"
 주지가 내 대답을 기다리고 있는 것 같지는 않았다.
 주지는 용두암 방문들을 열어 보여 주었다. 나는 허관의 손길이 닿아 있는 곳곳을 애정 깊게 바라보았다. 오랜 옛날부터 이름난 대사들이 수도했던 곳에 지은 암자라며, 주지는 감회가 남다른 눈빛이었다. 용두암의 방들은 출입문이며 창문이 모두 바다 속 용머리암을 향해 있었다.

"저 용머리암을 보려고 그 많은 사람들이 이곳을 찾아온답니다. 용두도의 돈은 거의 다 저 바위 덩이가 벌어들인다고 봐야겠지요."

주지는 껄껄 웃었다. 아닌 게 아니라 용머리암은 금방 하늘에라도 오를 듯 고개를 빳빳이 쳐들고 있었다.

주지가 기회를 노린 듯한 말을 꺼낸 건, 바다를 향해 거대하게 서 있는 해수관음상 앞에 이르렀을 때였다.

"사랑하지 않는 것과 결합됨도 고통이고, 사랑하는 것으로부터 떨어지는 것도 고통이고, 바라는 것을 가지지 못하는 것도 고통이지요. 끝없는 욕구가 윤회를 만들어 내지요. 다른 삶에 대한 집착도 욕구에서 생겨나는 것입니다. 사람이 발이 이끌어서 오고 가겠습니까?"

진작부터 하고 싶었던 말이었는지 주지는 후련해 보이기까지 했다.

양지바른 산비탈에 마을 아이들 몇이 쑥을 뜯고 있었다. 통영에 가지고 나가 팔면 아이들에겐 큰 용돈이 된다고 했다.

"쑥이 귀한 곳이지요. 도다리국 맛을 내는 데 쑥이 그만이랍니다. 벌써 쑥이 나오니 이곳은 봄 아닙니까? 생명이 있는 것들은 제 몸 비빌 조건만 마련되면 때를 가리지 않지요."

주지는 산비탈 여기저기에 쪼그려 앉아 땅을 헤집는 일에 열중하고 있는 아이들을 바라보다가 정작 할 말은 따로 있었다는 듯 덧붙였다. "시어머니 되시는 분이 오늘 아침 전화를 하셨어요. 여행이 너무 길어도 좋지 않은 것이라고 전해 달라더군요. 알았다고는 했습니다. 발이 이끄는 게 아니라는 말이야, 제가 안 지껄이면 모르겠습니까?"

물꽃

"스님, 약속한 시간이 지났습니다. 가족들 눈 빠지겠습니다."

주지의 방 앞에서 작은스님은 벌써 몇 번째 채근이었다.

"무슨 이유로 세상 떠난 사람 극락길 인도하는 일을 지체하십니까?"

주지의 무반응이 답답했는지 작은스님은 또다시 목소리를 높였다. 등꽃을 좋아한다던 십리골 보살이 새벽녘에 잠을 자듯 세상을 떠났다고 했다.

주지는 작은스님의 채근이 있고도 승복을 열 번은 갈아입었을 시간이 되어서야 나왔다.

"스님답지 않으십니다. 공양주 보살님이 재촉 전화를 두 번이나 받았답니다."

주지를 기다리며 마당을 뱅글뱅글 돌던 작은스님은 그 말을 남기고 신발을 질질 끌며 화장실 쪽으로 내려갔다.

"저승길 밝히려고 눈이 물리게 꽃구경을 해둔 보살입니다. 이 늙은 중의 염불이 아니라도 좋은 곳에 가겠지요."

주지는 공양주에게인지 작은스님에게인지 모를 말을 남기며 신발을 신었다. 절 마당 가득 들어와 있던 안개가 걷혀 마당 한쪽의 약수 동굴에서 흘러나오는 물줄기까지 선명했다.

"등꽃이 썩을 놈이야. 매일 지팡이까지 끌고 찾아온 사람인데, 한 1년 더 있다 가라고 잡을 줄도 알아야지……."

주지는 늦은 채비에도 서두를 것 하나 없다는 폼으로 마루를 내려오며 중얼거렸다.

"마중은 못 나갔지만 선착장까지 배웅은 해드리겠습니다."

주지는 십리골에 가야 된다는 것을 까맣게 잊고 있는 사람 같았다. 내가 모르는 길이 아니라고 손을 내저었을 때도 "소음을 들려주러 가는 일이 뭐 그리 급하고 중요하겠습니까?" 했다. 그러면서도 끝내 내 행선지에 대해서는 묻지 않았다. 속인이 아니라도 무정한 사람임이 틀림없다고, 나는 짐가방을 들고 서서 웃고 있는 주지를 올려다보았다. 갈 길을 아직 정하지 못한 내 마음을 훤히 뚫고 있을지도 모를 웃음이었다.

오래 중병을 앓고 난 회복기의 환자처럼 느릿느릿 걸어 선착장으로 나갔다. 온몸으로 축축이 감겨오는 비린내가 전에 없이 이물스러웠다.

"이 잡년들아! 제 발로 걸어 들어오는 손님 받아 밥장사 하겠다는데 그렇게들 배가 아프냐? 집 안에 가만히 들어앉아서 들어오는 손님만 받으라는 법 있냐? 그런 법이 적힌 종이 쪼가리라도 있으면 당장 갖고 와 봐라. 내가 똘똘 뭉쳐 갖고, 네년들 씹구멍을 막아버릴란다."

매표소 앞에서 고래고래 악을 쓰는 젊은 여자의 목소리가 선착장을 질척하게 울렸다. 동네 여자들 몇이 슬금슬금 자리를 떴다. 푹 곪은 상처에 누군가 바늘을 댄 모양이었다. 미주 아빠가 눈감자마자 본처 친정 식구들이 병실 복도로 끌어냈다는 둥, 미주를 데리고 장지에 따라가게 해달라고 애걸하는 여자를 본처 남동생이 영안실 밖으로 끌고 나와 폭력을 가했다는 둥 무성한 소문들이 마을을 떠다녔다.

"싹 쓸어서 지옥불에 처넣을 년들아. 네년들이 달려들

면 사지를 북북 찢어서 선착장 볕 잘 드는 데다 널어놓을 란다."

주지를 본 젊은 여자는 물 만난 물고기처럼 목청을 키웠다. 미주 아빠가 미주 한 번을 안 찾고 눈을 감더라고, 그녀는 어젯밤 용두사에 올라와 주지 앞에서 울었다.

"뱃가죽이 뜨듯해서 남의 말 하기 좋아하는 년들아. 혼자 죽기는 억울해서 나도 어떤 년 하나 죽여 놓고 혀라도 깨물란다. 나도 이제 세상 살기 징글징글하다, 이 개잡년들아……."

여자는 선착장에 두 다리를 쭉 뻗고 앉아 울음을 터뜨렸다. 주지는 자살 사건을 벌인 여자가 깨어날 때까지 간호를 해주고 병원비까지 내주고 왔으면서도 그녀를 싸늘히 외면했다. 간밤에도 미주 아빠 얘기에는 한마디 대꾸도 않다가 "지 목숨 끊겠다고 독한 맘 먹는 게 사람이야?"를 냉정하게 내질렀다.

"우리 어머니는 그래도 스님이 돌아오길 기다렸다구요. 죽을 때도 스님 얼굴 한 번 보고 죽는 게 소원이라고 했다구요."

흐느껴 울던 젊은 여자가 갑자기 일어나 주지의 등에 대고 쏘아붙였다. 좀 전에 동네 여자들을 향해 악을 써댔던 건 비교도 안 되게 큰 소리였다.

젊은 여자의 처진 눈자위 밑으로 기미가 넓고 짙게 자리 잡고 있었다. 강한 햇살 아래 전시품처럼 활짝 펴진 그것들을 나는 외면하지 않고 바라보았다.

"어딜 가든 건강하십시오. 발이 이끌어서 오고 가겠습니까?"

여객선이 도착했을 때 주지가 짐가방을 넘겨주며 한 말이었다. 딱 그 한마디였다.

뱃머리가 돌아가고 선착장이 점점 멀어지자, 주지도 젊은 여자도 하나의 점처럼 작아져갔다.

배가 지나갈 때마다 바닷물이 요술을 부려 댔다. 부서졌다가 일어났다가 어느 한순간 거대한 몸짓으로 솟아올랐다가 허망하게 사그라졌다. 그것은 폭풍에 밀리는 조각배가 되었다가 춘풍에 간들대는 버들잎이 되곤 하던 내 마음처럼 요동쳤다. 나는 양털구름처럼 가벼워진 몸으로 파도를 오래 바라보았다.

어지럼증으로 눈을 감으려는 순간, 나는 내 가슴으로 와락 뛰어드는 바하무트 한 마리를 보았다. 그것은 배 지나오는 자리가 만들어 낸 한 송이 거대한 물꽃이었다.

제2막

 정체를 알 수 없는 바이러스가 침투해 독감을 앓았다거나, 화창한 봄날 황사가 불어와 한쪽 눈알을 빨갛게 물들였다거나 하는 정도의 일로 치부하는 것도 하나의 방법이겠지.

 아내의 부재가 집 안 곳곳에 메아리치는 것을 주 5일제 탓으로 돌리고 나니 한결 가뿐하다. 그놈이 아니었으면 정전기처럼 아찔하게 공략하는 공허라는 놈을 영 모를 뻔했다. 작은 틈만 보이면 달려드는 잠에게 일요일 하루는 만만하다 못해 업신여김까지 받았으니까.

 내일 오전에는 어머니가 다녀가겠다고 했다. 잡채, 동그랑땡, 동태전, 새우볶음, 갈비찜 등이 담긴 반찬통을 싸들고 올 것이다. 전자레인지에 넣고 몇 분만 돌리면 처음 맛이 감쪽같이 돌아온다는 말을 몇 번씩 해댈 게 뻔했다. 어머니가 남아돌 만큼 음식들을 싸오는 이유는 무엇일까? 아내의 부재를 무의미한 것으로 만들려는 의도? 아들의 상처를 감싸기 위한 사랑? 순수한 행위조차도 어머니에게서 나온 것이라면, 그 속엔 어머니조차도 모를 질퍽한 계략이 숨어 있을 것만 같다.

어머니는 아내의 부재 앞에서도 건재한 내게서 무엇을 위로 받고 싶은 것일까?

어머니가 들고 오는 음식을 순순히 받겠다고 마음먹고 나니 홀가분해진다. 아침에 얼마나 먹는다구요, 밥이라면 회사 식당에서도 얼마든지 먹을 수 있어요, 도처에 깔린 게 음식점이에요 따위의 말들로 벌여야 하는 실랑이를 막을 수 있고 무엇보다도 아내가 들먹여지는 일은 없을 테니까.

독감을 치유하기 위해 며칠 병원에 다니는 일이 수고롭겠냐고, 독한 약물을 쏘아대는데 독감이라고 대수겠냐고 여유를 부려본다. 텅 비어 있는 휴일을 어떻게든 달래는 방법을 강구하는 게 당면 과제다. 물 찬 모래사장 한가운데 하염없이 서 있는 느낌. 아내가 사고를 친 것도 이런 기분이 밀려와서였을까?

놀이터에서 아이들 재잘거리는 소리가 쉴 새 없이 올라왔다. 계단을 쿵쿵 울리는 발자국 소리도 잊을 만하면 들려왔다. 냉장고 모터 돌아가는 소리가 저리도 요란스러웠던가. 그것들은 악의를 품고 내게 아내의 부재를 일깨워 주는 듯했다.

나는 냉장고를 열었다 닫았다 해가며 심통 난 아이처럼 짜증을 부렸다. 그렇다고 처갓집에 전화해 아내의 행방을 좇는 일을 벌이고 싶지는 않다. 아내를 기다려야 할지 말지의 선택이 내게 남아 있지 않다는 자각이 쓰디쓰게 밀려들었다. 맥주 한 병을 비우고 나서 나는 잘못 걸려온 전화조차 없는, 슬플 만큼 넓은 거실을 내려다보았다.

아내도 넓은 거실 때문에 허방에 빠졌을까? 누군가 구르거나 뛰어다니지 않으면 새로 깐 옥 대리석이 반격이라도 해올지 모른다는 두려움에 절로 사고를 쳤는지도 모를 일이다.

오징어와 새우와 홍합 살을 넣어 만든 해물 그라탕이 익어가는 속에 치즈 가루를 듬뿍 뿌렸다. 머릿속이 산란할 때는 아무쪼록 몸속에 가득가득 음식을 쌓아두면 좋은 법이다. 번뇌란 놈이 틈입할 여지를 차단하면 생리작용으로 잠이란 놈이 찾아들게 되어 있다. 커다란 축복이 아닐 수 없다. 초저녁잠이 달가울 리 없지만, 바람나 나돌던 서방

맞듯 마지못한 척 빠져들면 몇 시간의 안정은 보장 받을 수도 있다.

나는 아내를 이해하고 싶어진다. 이해를 하는 마당에 용서라고 못할 게 뭐냐고 다부지게 이를 물어본다. 그러나 아랫니와 윗니가 단단히 맞물리지 못해 혀를 물었다. 얼마나 세게 물었는지 한동안 뺨까지 얼얼했다.

고른 음을 내다 어느 날 갑자기 음반을 긁어대는 턴테이블의 바늘을 갈아 끼우듯 아내가 나를 배반한 시점만 살짝 도려내 기억 멀리로 던져 버리고 싶다. 아름다운 음악을 훼손시키는 수명 다한 바늘쯤이야 눈에 안 띄면 그만 아닌가. 맑은 시냇물 소리가 꿈결처럼 어우러지는 「전원」의 어딘가에서 시냇물에 흙탕물이 일거나 깊은 수면에서 헤엄치던 물고기가 떼 지어 비명횡사를 하는 듯한 느낌을 선사하는 음악이 유유히 내 집 거실을 흐르게 할 수는 없지 않는가?

집을 나가면서 아내는 최근에 기분 전환을 위해 새로 단 은회색 커튼을 뒤돌아보기는 했을까? 손가락 마디마디에 옹이 박히고 살이 부르트는 걸 느낄 새도 없이 외출할 때마다 보석을 바꿔 끼던 시절을 전설로 만들면 새로운 생이 움을 트고 돋아나와 또 하나의 지도를 만들어가겠지. 나는 좀 어수선해진다. 내가 아내의 새 출발에 축복을 보내고 있는 것인가?

아내는 과감히 운명의 주사위를 던졌다. 나는 엉겁결에 받아 든 주사위를 들고 허둥대야 할까? 능구렁이가 되어 아내를 기다리는 쪽에 패를 던질까?

위자료

마트에 갔다가 602동 남자를 보았다. 그는 물만 부어 끓이는 해물탕과 우거지국을 장바구니에 집어넣고 있었다. 그가 유통기한을 확인하고 있던 요플레를 바닥에 떨어뜨린 건 나를 발견한 순간이었다. 무심히 벌집을 건드렸다가 와락 달려드는 벌떼에 놀란 것처럼 몸을 움츠리는 그에게 나는 목례를 했다.

이틀 전 그의 아내도 경비실 근처에서 나를 보자마자 긴장하는 빛을 보였다. 그녀의 눈빛을 피해 내가 경비실 한쪽으로 몸을 숨긴 건 반사적인 행동이었다. 그녀는 가볍게 고개를 숙여 인사를 하고 나서 아파트 상가 쪽으로 힘없이 걸어갔다.

유제품 코너에서 또다시 마주쳤을 때 목례를 해온 건 남자가 먼저였다. 그의 장바구니에 들어 있는 요플레를 바라보는 것으로 나는 그의 시선을 피했다. '이건 고문이라구. 서로 못할 짓이야. 당신네가 뜨든지, 우리가 뜨든지 해야 되지 않겠어? 적어도 내가 내민 위자료라도 받았어야 된다구. 안 그래? 나를 말려 죽일 작정인가?' 고통으로 일그러져 있을 남자의 얼굴을 보고 싶지 않았다.

백 퍼센트 이해하고 진심으로 용서한다는 얼굴을 몇 번씩 보여 줘도 만날 때마다 그는 고통스러워하는 표정을 내보였다. 속시원히 말해 버리고 싶은 충동밖에 내가 그를 위해 해줄 수 있는 건 없었다.

"술 마시고 필름 안 끊겨 본 놈 있겠습니까? 날 밝으면 절로 리셋 되어 있다는 게 서글픈 일이지요. 피차 액땜했다고 칩시다." 대체 같은 말을 몇 번이나 더 되풀이해야 한단 말인가? 그것도 단물 나는 알맹이는 쏙 빼먹고 울퉁불퉁한 껍데기만 들어 보이며 파인애플이라고 주장하는 말을 말이다.

내가 위자료라는 걸 억지로라도 받았더라면 그가 살아 있는 벌레를 통째로 씹는 듯한 얼굴로 나를 대하지는 않았을 것이다. "당신네를 괴롭히려고 돈을 안 받겠다는 게 아닙니다. 서로 실수했다고 치자구요. 내 아내도 그 늦은 시간에 문을 열어놓은 잘못이 있다고요." 재차 반복되는 말로 나는 남자를 충분히 안심시켰다. 결국 내 죄책감을 덜기 위한 것이지만, 남자가 원하기만 한다면 몇 번이라도 다시 해줄 수 있었다.

602동 남자가 술에 취해 집을 잘못 들어온 게 확실한 이상, 나는 그와 대면하고 있을 필요조차 없었다. 그가 위자료 얘기를 꺼냈을 때도 당연히 생뚱맞다는 표정을 지을 수밖에 없었다. '정말 우리 집사람과 전부터 알았던 사이가 아니란 말이죠?' 내 얼굴에 퍼져 있던 의혹의 정체가 그것이었다. 그리고 내 상상이 천부당만부당하다는 것을 알아채고는 그가 어서 나가 주기를 바라는 얼굴을 숨김없이 내보였다.

"저는 그날 양주를 두 병 정도는 마셨을 겁니다. 셋이서 여섯 병을 마셨으니까 평균 그 정도는 되는 거지요. 2차로 생맥주 네 잔을 더 마셨다는데, 그 기억은 새까맣게 지워졌습니다. 분명히 말씀드리지만 어젯밤에 부인을 본 기억도 전무합니다. 이 집 거실에 내가 들어왔다는 것도요. 솔직히 말하면 누군가 나를 모함하기 위해 커다란 덫을 놓은 것만 같아요." 내게 다시 한번 강조함으로써 그의 역할은 확실하게 끝나 있었다.

내가 602동 남자와의 관계까지 의심했다는 것을 아내가 안다면, 섬 남자와의 불미스러운 일을 고백한 자신의 입에 영원한 형벌로 재갈이라도 물리고 싶을지 모른다.

나는 육류 코너 앞에 어정쩡히 서서 내가 사려고 했던 게 무엇이었나 생각했다. 라면을 사러 나온 것 같기도 하고, 일요일을 잠으로 뭉개고 싶지는 않아서 나온 것 같기도 했다.

"언제 시간 좀 내주십시오. 제가 꼭 드릴 말씀이 있습니다."

여섯 병씩 묶여 있는 스타우트 두 박스를 카터에 싣고 돌아섰을 때 602동 남자가 내 앞을 막아섰다.

"정말 그럴 필요 없습니다."

나는 그가 하고 싶어하는 말이 무엇인지 알기 때문에 단호했다.

"이제 다 기억이 납니다. 제가 그 댁 어항을 엎었고, 거실 바닥에서 물고기들이 팔딱팔딱 뛰놀았지요. 그 댁 사모님께서 경비실에 전화를 걸었어요. 강도가 들어온 줄 알았던 듯해요."

어쩌자고 안 해도 좋을 기억을 떠올렸단 말인가? 남자의 말은 아내의 말과 그대로 일치했다.

남자가 신발을 신을 채 거실로 들어왔던 날 밤, 아내는 침실에 누워 있었다. 남자의 신발이 에어컨 쪽으로 날아가 떨어졌을 때는 내가 들어온 줄 알았고, 다른 신발이 냉장고에 부딪혔을 때에야 침대에서 간신히 몸을 일으켰다. 아내가 배에 심한 통증을 느끼며 일어섰을 때 거실 바닥에서 무언가 와당탕 쓰러지는 소리가 들려왔다. 손에 양말 한 켤레를 들고, 넥타이까지 풀어헤친 남자는 아내와 눈이 마주쳤는데도 놀라지 않았다. 넘어진 수족관에서 쏟아져 나온 물로 거실 바닥이 흥건했고, 그 속에서 물고기들이 파닥거렸다. 놀란 아내가 경비실로 전화를 하는 동안 남자는 양복 상의를 벗어 물이 흥건한 쪽으로 던졌다. 경비가 올라왔을 때 그는 일어섰다 고꾸라지기를 반복했다. 한쪽에서 오들오들 떨고 있는 아내 따위는 그의 눈에 들어 있지도 않았다.

"그렇지만 지난번에 아무것도 기억나지 않는다고 한 건, 거짓말이 아닙니다. 그때는 정말이지 아무것도 생각나는 게 없었다구요. 이제는 다 기억이 나요. 제 발 밑에서 물고기들이 살겠다고 몸부림을 치던 것까지 생생하다니까요."

남자의 얼굴은 고통으로 일그러져 있었다. 그의 카터 안엔 즉석 해물탕과 우거지국, 요플레 뿐이었다. 나를 발견하고 나서는 졸졸 내 뒤만 쫓아 다닌 모양이었다.

"그럴 필요 없다고 몇 번을 말해야 알아듣습니까? 아내는 병원에서 퇴원해 돌아왔고, 모든 게 다 잘 되었다고 말했잖습니까?"

나는 화난 음성을 조금쯤 억누르며 말했다. 장을 보러

나온 사람들이 많아 대형 마트 안은 북적거렸다. 경쾌한 랩풍의 음악까지 흘러나와 크게 말하지 않으면 소리가 들리지 않는 상황이었다. 그런 속에서 작정을 한 것처럼 나를 쫓아 다니면 어쩌자는 것인가? 아내가 병원에 있는 동안에도 남자는 자신의 아내와 함께 찾아왔었다. 그러면 된 것 아닌가.

  나는 남자를 따돌리기 위해 빠른 걸음으로 식품 매장을 빠져나왔다.

  남자가 쥐구멍이라도 찾는 얼굴로 아내의 안부를 물었을 때 나는 "다 잘됐답니다." 하며 애매하게 웃었다. 그를 배려한 웃음이었지만 안면이 딱딱하게 굳을 만큼 불편했다. 대체 무엇이 잘되었다는 것인지.

  "차라리 잘됐다고 생각해요. 아이는 이 사건으로 유산된 거예요." 602동 남자 때문에 받은 충격으로 병원에 입원했다 돌아온 날, 아내는 싸늘했다. 가짜 임신부 노릇을 그만두기로 했다는 아내에게 나는 고개를 끄덕였다. 아내가 처음부터 어머니와 모의했던 일인 만큼, 그런 보고조차도 내 앞에서 하지 말기를 바랐다. 차라리 잘됐다고 생각한다는 아내의 말은 진심 같았다.

  어머니는 시험관 시술로도 자식을 보기 힘든 아들을 위해 미혼모의 태아를 소리 소문 없이 예약해 두었다. "보통 똑똑한 씨가 아니다. 둘 다 머리가 좋아서 미국에서도 알아주는 대학에 다녔는데 남자가 교통사고로 죽었대. 스물셋 먹은 여자 혼자 어떻게 아이를 키워. 내가 섭섭하지 않게 해주겠다고 했다. 그쪽에서도 좋아해. 병원 가서 지울까 말까 망설였었대. 뒷조사도 해봤는데, 후환은 없겠어." 어머니는 무슨 작정인지 세 사람만 알고 있자고 했다. 두 형들에게도 죽을 때까지 비밀로 하자고.

후회는 아무리 빨리 해도 때가 늦은 법이다. 어머니의 음모에 아내가 힘없이 끌려들어 가는 것을 막아줬어야 했다. 아니, 적어도 아내가 마음 쏟는 것들에 적의를 보이지는 말았어야 했다. 작년 봄, 아내가 베란다를 방울토마토 모종으로 꽉꽉 채웠을 때만 해도 나는 생활에 변화를 가져보려는 것이라고 여겼다. 섬 남자와의 일을 덮기로 한 시점이었다.

아내는 화원에서 흙을 구입해 베란다를 밭으로 꾸미고 방울토마토 모종을 대량으로 심었다. "이상해. 뭐가 잘못된 거지?" 아내가 자신의 관심사에 처음으로 나를 끌어들인 말이었다. 아내는 똑같은 흙에, 똑같은 햇볕에, 똑같은 물을 주는데 한 놈만 열매를 맺지 않는다고 투덜거렸다. "봐요. 제일 잘생겼어. 꽃도 제일 먼저 피웠다고." 아닌 게 아니라 아내가 가리키는 놈을 보니 위로 쭉 뻗어 훤칠하고 매끈했다. 아내의 말대로라면 방울토마토는 곁가지를 쳐 주어야 된다는데, 곁가지 하나 달고 있지 않았다.

어느 날 아내는 그 놈을 제일 늦게까지 햇볕을 받는 자리에 옮겨 심었다. 그러나 다들 탱탱한 초록 열매를 열댓 개씩 매달도록 놈은 여전히 곧은 몸매만 유지하고 있었다. 아내는 열매를 맺지 못하는 이유를 찾겠다고 화원 여기저기에 전화를 해보는가 하면 채소 기르기 책에서 오랜 시간 눈을 떼지 않았다. 아침에 일어나자마자 베란다 문을 열어 젖히는 아내의 시선은 언제부터인가 그 한 놈에게만 가 있었다.

일이 터진 건 베란다의 방울토마토들이 빨간 열매를 주렁주렁 매달고 있던 여름이었다. "토마토가 안 열리면 갖다 버리면 될 것 아냐?" 내 고함 소리에 놀란 건 아내만이 아니었다. 베란다에 면해 있는 거실 전면창으로 지렁이가 기어 들어오고, 거름으로 흙 속에 묻은 한약재가 썩어가며 내는 고약한 냄새까지 묵묵히 참아낸 내가 역정이라니…….

그러나 이왕 소리를 지른 마당이었다. 나는 아내가 애지중지하는 놈을 뿌리째 뽑아 쓰레기통에 처넣었다. 파출부 손도 빌리지 않고 손수 거름까지 내는 아내의 정성에도 시든 꽃만 달고 있는 놈을 더 이상 두고 볼 수가 없었다. 원장 얼굴 한 번 보려면 한 달을 기다려야 하는 이름난 불임

치료 전문 병원에서 똑같은 경우의 환자에게 시험관 시술을 적용해 성공한 확률이 30년간 세 쌍이었다는 진단을 받은 남편 앞에서 실수를 보인 아내도 용서할 수가 없었다. 그 순간에는 의도한 것은 아닐 거라고 아내를 믿었던 마음까지 흔들렸다. 긴 침묵만이 수습책이 되어주었던 그 일 이후, 나는 딱 한 번 아내에게 말했었다. 나를 떠나고 싶어 한다면 언제든 보내 주겠다고.

그게 진심이었을까? 적어도 그 말을 입에서 내뱉던 순간에는 그랬다. 그러나 술의 힘을 빌린 말이란 바람결에 사방팔방 날아갈 수 있는 것이어서 뱉고 난 후의 행방까지 책임질 수는 없는 법이다.

맥주 열두 병이 들어 있는 카터를 끌고 다니다 문득 고개를 들었을 때, 5층 의류 매장이었다. 사람 많은 틈을 타 602동 남자를 따돌리는 데만 급급해 무작정 위로만 올라온 모양이었다. 눈앞에 세일 가격이 붙어 있는 겨울 점퍼들이 즐비했다. 나는 내려가는 에스컬레이터를 찾아 주위를 두리번거렸다.

사막의 심부름꾼

아내의 이메일 주소가 적힌 메모지는 냉장고 한쪽에 붙어 있었다. 나는 자판을 영문자로 돌려놓고, 아이디 창에 '꽃신'이라고 친다. phctls. 비밀번호는 phctls1004다. 아내의 방문을 여는 순간 아내의 백길 마음속이 내 한 손에 잡힌 듯 안심이 된다.

어차피 사이비였어. 처음부터 느낌이 그랬다구. 산기도로 돈을 울궈 먹는 여자였는지도 몰라. 그런데 왜 갔느냐고? 20년이나 헤어져 살았던 옛사랑을 만나 새살림 차린다고 장담한 점괘가 맞아떨어졌다잖아. 사실 여부는 상관없었어. 내 팔자에 다른 생이 있다고만 하면 얼마든지 판을 걸 마음이었으니까.
"제가 일부종사할 수 있을까요?" 내 질문은 내 귀에도 생소했어. 망설임도 주저함도 없이 당당하게 입을 뗐다고 생각했었는데. 입 떼기 전에 마지막 힘을 모으듯 침을 한 번 꼴깍 넘겼지. 침 넘어가는 소리는 내 귀에도 들리지 않았으니까. 그건 그저 내 짐작인지도 모르겠어.
"너한테 달렸는데, 뭘 물어?" 그 여자가 담배 연기를 풀풀 날리면서 그러더라. '행운이 내 편에 서 줄까요?' 비라도 구성지게 내렸더라면 물었을 거야. 아니, 그 여자가 뿜어내는 담배 연기가 조금만 더 진했더라도……. 차마 넘지 못하는 선 같은 것 있지? 낯선 여관에서 혼자 잠까지 자 가며 점쟁이를 찾아가기는 했는데, 더 이상은 도저히 안 된다 싶은 마음. 그래서 그 말은 꿀꺽 삼켰어.

 그날 밝은 개나리 색 옷을 입은 여자들을 유난히 많이 보았어. 뭉뚝한 다리를 가졌어도, 배가 두 겹 세 겹 나왔어도 마냥 탐스럽게 보이는 젊은 여자애들 말이야. 햇살이 비눗방울처럼 톡톡 터지는 화창한 날이었거든. 하늘에서 선남선녀들이 몰려나와 향연이라도 벌이고 있지 않나 싶은 날, 햇살을 폭죽처럼 맞으며 점집을 다녀오는 여자가 바로 나였어……. 그날 나를 울게 만든 건 서른이라는 나이였을까?

아내에게 달렸다구? 나는 멀쩡한 넥타이를 다시 조였다 풀며 웃는다. 족집게군. 아내는 '사이비'였다고 말하는 점쟁이를 나는 족집게라고 단정 짓는 데 망설임이 없다. 이 넓은 복층 아파트와 떵떵거려도 될 사업체를 가진 남편을 떠나는 문제가 순전히 아내의 선택에 달렸다는 것에 나는 동의한다. 백기들이 내 몸 곳곳에서 흘러나와 내 참패를 더욱 실감 나게 해준다.

아내의 이메일 주소가 한글 자판 '꽃신'을 그대로 누른 것이라는 걸 알게 되기 전까지, 나는 아내가 매일 밤 이 집을 떠나는 문제로 갈등했다는 사실을 몰랐다.

그러나 수신자인 '사막의 심부름꾼'은 아내의 편지를 읽어보지도 않은 듯하다. 그것은 아내의 또 다른 아이디일까?

비에 젖은 구두의 손질법

비에 젖은 구두는 기름기가 빠져 가죽이 딱딱해지고, 마르면서 모양이 변하거나 땀 속에 있던 염분이 표면에 하얗게 나타날 수도 있으므로 마른 헝겊으로 물기를 닦아 내고, 직사광선이나 불기를 피해 통풍이 잘 되는 그늘에서 말린다. 이때 모양이 변형되는 것을 막기 위해 구두 속에 보형기나 신문지를 채워 넣어 말린다. 완전히 건조한 후에는 일반적인 방법으로 손질한다.

가죽 손질법 따위의 글들로 아내는 대체 무엇을 숨기고 싶었던 것일까? 이게 자기 자신까지 기만하는 술수가 아니고 무엇인가?

나는 넥타이를 풀어헤치고 눈을 벌겋게 뜬 채 찾는다. 커서를 이리저리 움직이며 찾고 또 찾는다. 없다. 기록은 기억을 지배하는 법이다. 아내는 그것이 무서워 하고 싶은 말의 핵심을 피해 빙빙 언저리만 돌고 있는 것인가? 나는 훗날 아내가 자신이 기록해 놓은 말에 이끌려 귀가하기 바라며, 그 단서라도 찾으려고 혈안이 되어 있다. 생각해 보면 결혼 생활이 행복했다고, 단 한 줄이라도 써 놓은 글이 나와 주기를. 그것이면 무턱대고 앉아 아내의 귀가를 기다릴 수도 있을 테니까.

나는 소금밭을 뒹구는 미꾸라지처럼 무력해진다. 아내를 내 손으로 보내 줬어야 했을까?

'우리 인간은 자신이 뱉은 말과 약속에서 도망치기 위해 끊임없이 사투를 벌이지. 결혼식장에 왜 그 많은 사람들을 불러 모아놓고 사랑의 맹세를 하겠어? 처음부터 영원한 사랑 따위는 기약할 수 없다는 것을 알고 있기 때문이야. 사랑하는 두 사람은 수많은 감시자들을 세워야만 안심을 하고 보금자리를 꾸릴 수 있지. 교외의 한적한 성당에 들어가 촛불을 밝힌 이들이라고 해서 다르지도 않아. 그들은 말 많고 참견하기 좋아하는 하객들 대신 성모마리아를 내세운 것뿐이니까.' 아버지 사십구재를 지내러 갔다가 만났다는 사내를 입에 올렸을 때 아내가 정녕 하고 싶었던 말은 그것이 아니었을까?

아내의 입에서 다른 사내와 밀회를 나누었다는 고백이 흘러나왔을 때 내 머릿속에 떠오른 건 우리의 결혼식에 참석했던 수많은 사람들이었다. 수많은 감시자들! 그래서 그들은 당당하고 소란스럽게 식장으로 들어섰고, 무대 아래에서도 그토록 거드름을 피우며 그날의 주인공들에게 도도한 시선을 날릴 수 있었으리라.

아내가 원하기 전에 내가 먼저 시끌벅적한 하객들이나 시종일관 미소로만 일관하는 성모마리아의 무용함에 대해 들려줄 수도 있었다. 그러나 나는 다른 사내와의 밀회를 고백하는데도 반응을 보이지 않는 것으로 맞섰다. 아내는 내 침묵을 적대감으로 해석했을까? 아내를 이해하고 용서하겠다고 말할 수는 없었다. 용서는 차치하고라도 이해한다는 말을 뱉어 내는 순간 불어 닥칠 회오리바람을 감당할 자신이 없었다. 각오가 안 된 상태에서의 말의 무용함, 나는 침묵을 방패로 그 두려움을 막아냈다.

나는 내 삶이 새로운 물꼬를 트고 흘러가는 것을 원치 않았다. 내 삶에서 아내가 쏙 빠져나간 상황이 불러올 파장 따위를 상상하는 것도 귀찮았다. 할 수만 있다면 모든 것이 자연스럽게 마모되기를 기다리고 싶었다. 새로 돋은 잎들로 가지가 부러질 듯한 나무가 몇몇 해씩 꽃을 피우고 열매를 일궈 내다가 세월을 견디지 못하고 고목이 되기를, 그래서 썩은 그 몸뚱어리마저 버섯 균을 배양하는 데 던져지는 날이 오기를.

그러나 아내가 견딜 수 없었던 건 싹도 내지 않고, 꽃도 피우지 않고, 반쪽짜리 열매도 맺어보지 못한 채 흘러 흘러 녹아내리는 시간이 아니었을까?

가짜 아기를 잉태하는 것을 그만둔 아내의 선택은 훌륭했다. 아내가 내 마음에 심은 건 죄책감이었다. 쌓이고 쌓이다 보면 심약한 사람들은 더 이상 견딜 수 없어 백기를 들게 마련인. 아니, 애초부터 그것은 내 안에 도사리고 있었는지도 모른다. 고급 자재들로 리모델링한 넓은 집과 유행에 뒤떨어지지 않은 옷과 보석들로 상쇄하고 싶었던 그것이 저 밑바닥에서 죽은 듯 고개 숙이지 못하고 있었음이 틀림없다.

아내가 금가락지 하나, 모피 코트 한 벌 넣어가지 않았다는 걸 알았을 때 나는 이미 결판난 게임이라는 것을 깨달았다. 아내가 쥐고 있는 건 유일무이한 승리의 패였다. 쥐고 있어봤자 아무 가치도 없는 패들로 내가 거드름을 피우는 동안 아내가 끝까지 놓지 못하고 있었던 건 무엇이었을까? 부부라는 이름으로 그려온 한 장의 수채화? 질척하고 채도가 낮지만 붓질 하나하나에 기원과 염원이 녹아 있는…….

어두운가 하면 밝고, 밝은가 하면 어두운 그림 한 폭에 전적으로 의지하며 아내를 기다리는 일이 의미 있을까?

나는 아내만 내 옆에 있어준다면 봄바람이 불고, 꽃이 피고, 새가 우는 먼 곳에 시선을 빼앗기지 않고 밑동만 남은 나무토막처럼 내 생을 지탱해 나갈 자신이 있었다. 내 것이 되어주지 않는 것들과 내 생을 향해 불어대는 광풍을 도도하게 막아내면서.

수부다남자

어머니에게서 전화가 온 건 아내 없이 아버지의 제사에 참석해야 하는 심란함을 곱씹고 있을 때였다. "니 댁은 몸이 아파서 친정집에 가 있는 걸로 하자." 어머니는 아버지의 제사에 며느리 한 명이 빠지는 게 서운한 음성이었다.

일곱 번의 제사와 시부모의 생일, 몇 번의 명절에 아내는 착실하게 참석해 번족한 집안임을 동네방네 알리는 일에 조금의 소홀함도 없었다. 어머니에게 있어 아내의 존재가 그것밖에 안 된다고 해도 고깝지는 않았다. 기일에 며느리 노릇을 대신해 주는 대행업체가 없다는 게 유감스러울 뿐이다.

산적과 꼬치가 먹고 싶어 제사가 기다려진다고 어머니 앞에서 아부를 떨던 작은형수가 들으면 하늘이 무너질 일이긴 하다. 공과 사가 분명한 어머니가 건물 1층을 통째로 비워 작은형수에게 명품 숍을 차려 준 건 지금도 불가사의한 일이다. 작은형의 말에 의하면 그것은 제사 때마다 정성을 다하는 작은형수에게 어머니가 내린 하사품이라고 했다. 이번 제사에서도 작은형수는 댓바람으로 달려와 설쳐 댔을 것이다. 집안에 제사가 없었다면 어떻게 자신의 존재 증명을 했을까, 의아하게 느껴질 정도로 유별을 떨어대며.
"자식, 제사 지내는데……."
작은형은 제삿날 텔레비전을 틀어놓은 내게 노골적으로 못마땅한 빛을 보였다. 텔레비전에서는 하루에 다섯 끼를 먹어도 살이 찌지 않는 사람들에 대해 말하고 있었다. 그들은 뼈의 위치도 일반인들과 다르다고 했다.
"인마, 소리가 너무 커."
작은형은 옛날처럼 허물없이 내 머리통을 쥐어박을 수 없는 게 아쉽다는 얼굴로 주먹을 쥐었다 풀었다.
"형도 필요하면 봐 둬. 형도 비만이잖아."
텔레비전 소리가 제사상을 차리는 거실까지 들리지 않는데 무슨 참견이냐고 대거리를 하는 대신 나는 점잖게 말했다. 온 식구가 제사에 매달려 법석을 떨어대는 것을 비웃기라도 하듯 텔레비전에 빠져 있는 내게 작은형이 화가 나 있다는 것을 몰라서가 아니었다. 작은형이 또다시 손을 들어 "이 자식이 정말······." 해댔을 때에야 나는 쓸데없는 언쟁은 피하는 게 좋겠다고 생각했다.
"제삿날이라 참는다."
작은형이 큰 양보라도 한 얼굴로 나가고 나서 나는 텔레비전 볼륨을 더 키웠다. 텔레비전 화면에서는 살이 안 붙어서 고민인 여자가 나왔다. 그녀는 기회 닿는 대로 살을 찌우기 위해 먹어댄다고 했다. 작은형이 들어오기 전에는 대충 보아 넘기던 프로그램 속으로 나는 쏙 빠져 들어갔다. 죽으면 흙이 될 육신에 법석을 떨어대는 사람들이 모두 희극 배우들 같았다.
죽음의 문턱에서도 거구였던 아버지는 그 육신을 위해 들이마셨던 수많은 보약과 불려 놓은 재산들 때문에 눈을 감으면서도 자유롭지 못했다. 나는 아버지가 죽기 전에 단 한 번이라도 자신 때문에 울어야 했던 사람들에 대해 말해 주기를 바랐다. 몇 채의 빌딩과, 개발을 바라보며 전국에 사둔 땅들이 죽음 앞에서 무용하다는 것을 자각하고 후회하기를.
한밤중에 귀가하는 아버지를 노려 칼을 휘두른 작자가 누구인지 어머니는 알고 있었다. 그즈음 아버지는 밤마다 빚 독촉을 했고, 한때는 광산 동업자였던 아버지의 친구는 날짜를 연기해 달라고 부탁하며 대문 밖에 오래 서 있곤

했었다. 5억 때문에 집이 경매에 넘어간 아버지의 친구가 산 청부업자의 칼에 맞에 가슴 한쪽을 절단해내는 수술을 한 아버지는 일주일 후에 눈앞의 죽음과 대면해야 했다.

"수부다남자(壽富多男子)라 해도 이 생은 슬픈 거랍니다." 어머니가 다니던 절에서 온 스님이 나무관세음보살을 외우며 아버지의 두 손을 힘주어 잡았다. 병원에서는 진작에 죽은 사람 취급을 했던 아버지였다. 어머니는 무슨 미련이 있어서 못 떠나냐며 귀를 갖다 댔고, 작은형은 힘이 있을 때 어서 유언을 하시라고 안달을 부렸다. 아버지는 천장을 향해 두 눈을 부릅뜨고 뻣뻣이 누워만 있었다. 작은형은 아버지를 흔들어대며 모든 제사며 선산 관리는 자신의 큰아들이 하게 되는 상황을 전했다. 한시가 급하다는 얼굴이었다. 옆에 큰형이 있는 것도 개의치 않았다. 아버지의 눈에서 눈물이 새어 나와 이미 송장 같은 뺨 위로 흘러내리는 것을 보며 스님이 또 한번 나직하게 속삭였다. "이 생은 슬픈 것이지요."

아들이 많고 재산이 많아서 생이 무거웠던 아버지는 유언 없이 눈을 감았다. 나무아미타불을 외우면 극락에 간다는 스님의 말이 떨어질 때마다 더는 물 한 모금 넘기지 못하는 입술을 달싹거렸을 뿐이었다.

거실에서는 채반마다 음식이 한가득이다. 어머니 앞으로

떨어진 충무로의 빌딩에 아직도 미련을 못 버리는 작은형이 전을 부치고 있는 두 형수들 옆에서 참견을 하고 있었다. 작은형수가 꼬치를 끼우고 남은 재료를 한꺼번에 부쳐 아이들에게 먹였는데, 제사도 지내기 전에 음식에 손을 대면 안 된다는 것이었다. 작은형수는 찌꺼기라 어차피 상에 못 올리는 것이라고 대꾸하고, 작은형은 찌꺼기를 버리지 왜 먹느냐고 소란을 피웠다.

"제삿밥 얻어먹으러 오는 조상들은 다 잡귀야. 어서 천도해서 좋은 곳으로 보내야 한다구."

나는 식구들이 다 들으란 듯이 소리를 질렀다.

아버지가 바싹바싹 타들어가는 입술을 달싹거려 외친 게 정말 나무아미타불이었을까? 아버지가 평생 사들인 땅들을 못 잊어 구천을 헤매다 오늘은 제삿밥을 얻어먹겠다고 틀림없이 들어올 거라고 나는 큰소리로 떠들어댔다. 김이 나는 동태전 하나를 집어 질겅질겅 씹으면서였다. 그러고는 아버지가 죽고 나서 제사에 더욱 큰 의미를 부여하는 작은형이 눈을 부라릴 사이도 없이 산적 하나를 더 집어 들고 베란다로 나왔다.

피해 의식, 정서 불안. 중학교 시절 어머니와 함께 은밀히 드나들었던 정신병원 원장은 밤마다 나를 쫓는 불안과 두려움을 그 두 단어로 압축해 주었다. 나는 실생활에서는 물론 꿈속에서도 밥을 먹지 못해 쇠꼬챙이처럼 말라갔다. 배는 엄청나게 큰데, 목구멍이 바늘구멍 같아서 몇 해가 지나도 음식을 먹지 못한다는 귀신이 나타나 내 밥그릇을 낚아챘다. 내 음식을 빼앗아 먹어야만 자신이 정상적인 인간으로 다시 태어날 수 있다고 했다. 밥그릇을 들고 도망다니다 어디 운 좋게 숨을 곳을 발견했다 싶어 안심을 하면, 학교 갈 시간이 되어도 일어나지 못하는 나를 깨우러 온 어머니의 품속이었다. 나는 점심시간이 되기 무섭게 내 자리로 몰려들어 내 도시락을 먹어치우는 친구들 때문이라고 더 이상 호소할 수 없었다.

도로 하나를 경계로 다닥다닥 집들이 붙어 있는 산동네에 사는 녀석들이 대부분인 교실에서 한강을 건너 전학을 온 하얀 얼굴의 나는 피라미도 못 되었다. 피죽 한 그릇도 못 얻어먹은 것처럼 얼굴에 버짐이 피어 있던 녀석들은 점심때면 떼로 몰려들어 내 도시락을 먹어치웠다. 그 일대에 부는 개발 정보를 안고 빌딩을 지을 계획으로 이사까지 한 아버지는 반찬이 좋은 도시락을 빼앗기는 아들 때문에 자존심에 상처를 입었다. 사내놈이 저래서 어디다 써. 서로 머리통을 박아가며 한 숟가락이라도 많이 먹겠다고 밥에 침을 뱉어대던 녀석들보다 나는 아버지의 그 말이 더 무서웠다.

밥 밑에 쇠고기 반찬을 숨긴 도시락을 운동장 한쪽의 벤치에 나와 먹고, 떼 지어 다니는 녀석들만 보면 슬금슬금 피하고 움츠리며 고등학생이 된 내게 누구도 왜 아픈지를 말해 주지 않았다. 한 달간 학업을 중단하고 다닌 정신병원 원장은 내게 정서 불안과 피해 의식에 이어 기계적 사고라는 병명 하나를 더 붙여 주었다. 나는 내 말을 들어줄 사람은 이제 그밖에 없다는 듯, 부잣집 아들이라는 이유로 친구들은 많지만 진정한 친구는 없으며 주위의 껄떡거리는 친구들 때문에 괴롭다고 하소연했다. 그러면 그는 살이 올라 더욱 땅딸막해 보이는 몸을 어기적거리며 다가와 내 등을 두드리며 속삭였다. "가난한 사람들에게는 많이 가진 사람들이 베풀어야 한단다. 그들은 배가 고프기 때문에 훔치고 찌르고 하는 것이란다." 부드럽고 인자하게 내가 왜 쫓겨야 하는지를 말해 주던 그 목소리. 나는 그 말에 빨려 들어가 평생 흘릴 눈물을 그 자리에서 다 쏟아 냈다.

"너, 토요일에 회사 안 나간다며?"

제삿상을 물려 저녁을 먹는 자리에서 작은형이 시비조로 말했다.

"누가 그래?"

"누가 그러긴 인마. 내가 회사 간부들한테 전화 한 방이면 다 알아볼 수 있어."

"내 직원들 중에 누가 내 사생활을 형한테 보고하냐고?"

"사생활? 인마, 주 5일제 됐다고 사장놈이 출근을 않는 건 너밖에 없을 거다. 주 5일제 됐다고 버스 안 돌리냐? 기사들 안 나오냐구?"

작은형의 언성이 높아져 가고 있었다.

"밥상머리에서 무슨 짓이야? 네 눈엔 내가 종이호랑이로 보여? 아버지 제삿날이야."

어머니가 작은형을 나무랐다.

"어머니도 알잖아요. 아버지가 가진 사업체 중에서 제일 큰 게 버스 회사였다구요. 욕심도 없고, 패기도 없는 놈 뭘 믿고 그 큰 몸뚱이를 맡기냐구요. 맡았으면 열심히 해야지요."

아버지가 가지고 있던 중장기 기계 대여업이 건설 경기 침체와 함께 고전을 면치 못하기 때문인지 작은형의 눈엔 핏발이 서 있었다. 대학을 졸업하고 곧바로 버스 회사에서 일을 한 내게 경영권을 넘긴 건 아버지가 살아 있을 때의 결정이라 작은형의 눈독이 먹히지 않았다.

"난 주 4일제가 아니어서 유감인 사람이야. 형은 회사 불려서 넘겨줄 자식이 많아 남의 떡까지 넘보는 모양인데, 난 지금 가진 것들만으로도 배가 터지거든. 아버지가 왜 죽었어? 친구고, 선배고, 후배고 안 가리고 떡고물 하나라도 더 긁어모으려고 껄떡대다가 칼 맞아 죽은 거야. 몰라?"

작은형의 얼굴이 붉으락푸르락해지며 자리에서 일어서려는 것을 제지시킨 건 큰형이었다.

"형도 알잖아. 저 자식, 아버지가 인쇄소 직원들 나쁜 근성 고쳐 주려고 일부러 월급 늦게 주는 것 다 알면서 은행에서 빚 얻어서 월급 넣어준 놈이야."

아버지를 닮아 몸이 비대한 작은형은 화가 가라앉지 않아 출렁거리는 뱃살을 진정시키기 위해서인지 물김치 한 사발을 다 들이켰다.

"친구 등록금 대 주고 다닐 때부터 싹수 노란 놈인 줄 알아봤어야 되는데. 저 자식 누구 닮아서 저 모양이지? 아버지는 사자 새끼 기르듯이 우리 삼형제 길렀잖아. 아무리 생각해도 저 자식은 기어서 겨우 겨우 살아 돌아온 놈이야."

작은형은 그 와중에서도 탕국에 밥을 말아 느긋하게 먹고 있는 나를 도저히 참아줄 수 없다는 듯 어깨까지 들썩거렸다.

"놔둬라. 이제 버스 회사는 아버지 것도 아니고, 네 것도 아니고, 저 녀석 거야. 말아먹든 볶아먹든 저 녀석이 알아서 할 일이야."

큰형이 점잖게 타일렀다. 외동딸을 바이올리니스트 만들

어 국내 무대에라도 올리는 게 인생 최대의 꿈인 큰형은, 부부가 대학 강단에 서서 벌어들이는 돈 외에는 관심을 보이지 않았다. 작은형의 기준대로라면 앉아서 제 밥그릇의 밥만 처먹고 있는 병신이었다.

축하주

퇴근길에 602동 남자가 복덕방에서 나오는 것을 우연히 보았다. 혹 집을 내놓은 것일까? 아내가 몸에 감고 있던 탈바가지를 벗어 낸 것을 놓고 그들이 이사할 필요까지는 없었다. 그가 지나가기를 기다렸다가 복덕방에 들어갔다.
"집 내놓으면 제값에 팔릴까요?"
"지금 나가신 분 602동 사시는데, 가격을 내려서 내놓았어요. 제가 상황 설명 다 했는데도, 그렇게라도 내놓겠다니 어쩝니까. 집을 팔려고 내놓는 건 사장님 마음이지만 요즘에 파시면 손해 본다는 것만은 확실합니다."
내가 뒤통수를 긁적이는 척하자 복덕방 주인은 어서 결정을 하라는 눈빛으로 바라보았다.
"요즘은 다들 웅크리고 앉아서 눈치만 살핍니다. 아파트 값 떨어졌다고 맨날 뉴스에서 떠들어도 아파트 사려는 사람 없습니다. 더 떨어지기 기다리는 사람도 있겠지만, 이런 변화가 또 어디로 방향을 틀지 누구도 몰라서죠. 그래도 빨리 팔아야 된다면 제가 최대한 손해 안 보시게 힘써 보겠습니다."

나는 이럴 수도 저럴 수도 없다는 얼굴을 지으며 복덕방을 나왔다. 602동 남자가 집을 내놓았다고 해서 당장 내가 할 수 있는 일은 없었다. 이사를 가건 말건 내가 관여할 일이 아니라고, 나는 금세 표독스러워졌다.

602동 남자는 자신의 집을 찾지 못할 만큼 술을 마셨던 사람이다. 그에 대한 값으로 치러야 할 이사라면 나와는 상관이 없다. 그날 심장이 약한 아내가 놀라 병원으로 실려 간 건 사실이니까. 그러나 굳이 따지자면, 그날따라 유독 몸이 좋지 않았던 아내의 책임도 크다. 오밤중에 현관문도 잠그지 않고 있었던 책임은 또 어떻게 면할 것인가.

602동 남자의 아내가 시장바구니를 들고 놀이터 쪽으로 오고 있다. 그녀의 시선은 땅에 떨어뜨린 물건이라도 찾는 사람처럼 아래를 향하고 있다. 행여 우리 집 쪽으로 시선이 닿을까 봐 고개를 땅에 처박고 걷는지도 모른다. 어제 길에서 마주쳤을 때, 나는 그녀에게 진심으로 말하고 싶었다. '이젠 안 그래도 돼요. 아내는 그날을 기화로 새 세상을 찾아 떠났는걸요.' 그러나 나를 보자마자 반사적으로 얼굴이 굳어지는 그녀를 보면서 정작 내 몸이 얼어붙었다.

진실이란 게 때로는 천 가지 만 가지 색깔일 수도 있다. 아내의 가출에 대해 내가 어떤 추측이나 판단을 유보하는 것도 그래서이다.

몸에서 가짜 아기를 벗어낸 후로 아내는 변해 갔다. 아침저녁 식탁에서 밥 몇 숟가락을 떠서 마지못해 입에 넣었고, 자주 몸살을 앓았고, 몸에 열꽃이 피어올랐다. 포도당 주사를 맞은 날이면 입을 굳게 다물고 일체 말을 하지 않았다. 그러다 어느 날은 몇 시간 동안 재잘대며 입을 쉬지 않았다. 내게는 둘 다 시위처럼 느껴졌다. 나는 아내의 의도가 무엇인지 알고 싶어 아내의 눈을 오래 들여다보았다. 눈동자는 감정을 전달하는 핵이므로 오래 노출시키다 보면 원하지 않아도 감정이라는 게 흘러나오게 되어 있으니까. 그러다 아내의 시위가 나를 향한 것일지도 모른다고 생각했다. 아내가 합의했다는 이유 하나로 가짜 아이를 받아들이고, 그것에 대해서 맨정신으로는 가타부타 말 한마디 하지 않은 내 냉혹함을 질타하는 것이라고.

나는 친구들에게 곧 태어날 아이를 걸고 축하주까지 얻어 마시지 않았던가. 그날의 술로 몸을 가누지 못할 만큼 취한 나는 아내의 뱃속에서 나온 것처럼 위장될 아이에게 관심을 보였다. "그 아이가 딸이든 아들이든 빨리 보고 싶다. 우리 자식이 아니면 어때. 어차피 이 세상은 타인들과 살아가는 거야. 내가 죽어가는 아버지를 위해 한 게 아무것도 없었거든. 아버지가 자식들을 위한다는 명목으로 끝없이 부린 욕심 때문에 내 청소년 시절은 엉망이었고. 그 아이가 정말 보고 싶어." 그 말의 진심 여부는 나도 알 수 없었다. 그 일에 관한 한 내 진실은 언제나 술로 온몸이 허공에 부유하고 있는 듯 아슬아슬한 시점에서 흘러나왔다. 그날 나는 아내에게 수차례 물었다. 지금 내 발이 땅을 딛고 있냐, 공중에 붕붕 떠 있냐. 아내는 땅에 얌전히 있다고 말해 주었다. 나는 술을 빙자해 뱉은 말들을 다음날 내가 기억하지 못할 것을 알고 있었다. 알코올이 분해되면서 그것들은 실타래 풀린 연처럼 멀리멀리 날아갈 것이었다. 그러나 날아간 연이 계곡 한가운데, 혹은 나뭇가지에라도 걸려 있지 않겠는가. 다소 찢기고 긁혀 볼썽사나워진 대로라도 그것은 연의 형체이지 않겠는가. 그날 나는 녹차를 우린 물에 술로 만신창이가 된 몸을 풀면서, 아이를 만나게 되면 사랑하겠다고 결심했다. 왜곡된 진실의 순수성에 대해 의혹이 없어서는 아니었다.

  나는 602동 여자와 마주치지 않기 위해 차 안에 좀 더 앉아 있었다. 그녀는 빠른 걸음으로 놀이터를 지나 602동 출구로 향하는 계단을 올라갔다.

한 폭의 그림

갈비찜을 애써 배불리 먹고 잠수하듯 깊이 빠져든 잠을 깨운 건 초인종 소리였다. 초인종은 한 번 조심스럽게 울린 후 연달아 두 번이 울렸다. 방해 받은 내 눈살은 절로 찌푸려졌다. 일요일 낮을 잠으로 때울 작정으로 이른 점심을 먹은 터였다.

인터폰을 들었을 때 화면 속에 602동 남자의 얼굴이 나타났다. 누구냐고 묻지도 않고 문도 열어주지 않는 시간이 길어지자 그는 우리 집 현관문 앞에서 쉼 없이 맴을 돌다가 멈추기를 반복했다.

남자는 또 한번 초인종을 눌렀다. 이번에는 단단히 결심을 했는지 두 번을 연달아 누르는 손에 힘이 들어가 있었다.

위자료를 주겠다는 말을 늘어놓겠지. 나는 인터폰을 든 채 소리 없이 그 자리에 서 있었다. 임신 8개월이었던 아내가 자신 때문에 유산을 하고 그 충격으로 집까지 나갔다고 믿고 있는 데에서 한 걸음도 더 떼어보려고 하지 않는 남자.

남자가 이번에는 위자료를 들고 왔는지도 모르겠다고 생각했다. 시세보다 낮게 집을 내놓았는데도 집을 보러 오는 사람이 없자 더 이상은 그렇게 살 수 없다고 결심했을 수도 있었다.

'그래 멀쩡한 집을 내놓아 손해를 보느니 그 돈을 위자료로 던져 버리면 속편한 일이겠지.' 나는 눈 딱 감고 남자가 내놓는 돈을 받아줄 수도 있다고 잠시 잠깐 생각했다. 그러면 더는 남자 때문에 시달림을 당하는 일도 없을 것 같았다.

나는 인터폰 잡은 손에 힘을 주며 그 자리에 꼼짝 않고 서 있었다. 이 일로 더 이상의 사건을 만들고 싶지 않았다. '사실을 말하자면 정말 당신네들의 얼굴을 보고 싶지 않은 건 나야.' 집 안에 내가 있다는 걸 알고 있다는 듯 현관문 앞에 당당히 서 있는 남자를 보며 슬그머니 화가 끓어올랐다. '코 베어갈까 무서운 세상에 몸을 가누지 못할 만큼 술을 마시고 제집도 찾지 못한 죗값으로 내놓는 위자료라면 얼마든지 받아주지. 이 추운 날에 집을 내놓건, 이사를 하건, 죄책감으로 괴로워하건 내가 알 바 아니야.'

그러나 나는 인터폰을 과감히, 그러나 안에 사람이 있다는 것을 들키지 않게 조용히 내려놓고 방으로 들어왔다.

'당신이 내 아내와 정을 통하는 놈만 아니라면, 볼일 없다고 몇 번 말해야 알아듣겠어? 내가 됐다고 하면 다 그럴 만한 이유가 있다구. 자잘한 당신의 실수를 빌미로 돈 몇

푼 받는 것에 의미를 둘 만큼 나는 세상살이를 사랑하는 놈이 아니란 말야.' 생각 같아서는 미련 없이 퍼부어주고도 싶었다. 남자의 고지식함에, 정면으로만 세상을 보는 답답함에 염증이 일었다. 그런 진지함 때문에 자신이 누군가를 괴롭히고 있다는 것도 모르는 한심한 작자가 아닌가.

술에 만신창이가 된 남자가 우리 집에 들어온 날, 나는 모텔에 있었다. 아내가 몸에 열이 있다고 기운 없는 목소리로 전화를 해왔을 때, 없는 회식을 만들어 냈다. '푸른 연꽃'이라는 아이디를 쓰는 여자와 한바탕 질척하게 놀고 있을 때 어머니의 전화를 받았다. 어머니는 다짜고짜 "하늘이 무너졌다."로 서두를 삼았다. 관리실 경비의 도움으로 아내가 병원에 실려 가 있다는 말이 어머니의 입에서 흘러나오는 동안 내 성기는 푸른 연꽃의 입 속에서 자맥질을 멈추지 않고 있었다.

처음엔 어머니의 번호를 확인하고도 전화를 받지 않을 심산이었다. 급한 용무래 봤자 시시콜콜한 집안 얘기일 게 뻔했다. "신경 안 써도 돼." 푸른 연꽃이 잠시 주춤대는 사이 내 페니스가 사그라지는 게 아쉬워 나는 조급하게 굴었다. 핸드폰 폴더를 연 것은 푸른 연꽃이었다. 그 순간 그녀의 얼굴에 장난기가 넘쳐흘렀다. 성기를 여자에게 통째로 맡기고 태연히 전화를 받는 일이 쾌감을 높여 어머니와의 전화 통화에 집중할 수가 없었다. 푸른 연꽃은 내 물건을 입 속에 통째로 몰아넣고 숨쉬기가 곤란한지 컥컥거렸다. 내 귀두가 그녀의 목젖에 닿았을 때 급기야 나는 참지 못하고 신음을 내뱉었다. "아이고 불쌍한 내 새끼, 울지 마라. 뱃속의 아이가 잘못되지는 않았을 거야." 그 와중에서도 은밀한 각본이 드러날까 봐 입단속을 하는 어머니 때문에 내 몸은 싸늘히 식어 내렸다. 모텔 방에 들어서자마자 일부러 마신 술까지 확 깼다.

어머니가 말한 술 취한 남자에게 내 관심이 머문 것은 식은 몸뚱어리에 달라붙는 푸른 연꽃을 냉정히 떼어 내고서였다. 오밤중에 아내 혼자 있는 집에 술까지 마시고 들어온 남자가 누구란 말인가. 어머니는 분명 외간 남자가 집에 들어온 것에 놀라서 아내가 충격을 받고 쓰러졌다고 했지만, 그 시간에 내 집에 들어온 놈이 누구인지에 대해서는 말해 주지 않았다.

나는 아내가 누워 있다는 병원으로 가는 내내 그 정체불명의 사내에 대해 생각했다. 아내의 충격이 컸을 거라는 생각은 할 수도 없었다. 술 취한 사내놈이 끝끝내 나를 놓아주지 않았다.

"앞으로 총총 머리는 제가 손질해 줘도 될까요? 예전에 미용 학원에 다닌 적이 있어요."

총총을 데리고 고양이 미용실에 다녀온 곱사등이가 소파에 앉아 차를 마시고 있는 내게 물었다.

"좋을 대로 해요."

캐리어에 총총을 넣고 한 달에 한 번씩 고양이 미용실에 다녀오기가 힘들 거라는 생각에 나는 흔쾌히 허락했다. 그녀의 얼굴에 금방 기쁜 기색이 돈다.

총총을 안고 2층으로 올라가는 그녀에게 오늘 든 비용을 물으려는데, 한번 들은 적이 있는 이름이 생각나지 않았다. 우리 집에 사람이라고는 둘 뿐이라 이름 부를 일이 드물 뿐 아니라, 고양이 문제가 아니라면 말 섞을 일도 없는 게 사실이었다.

"우리 집 오 씨 말이다. 머리 돌리기가 미제 빤스야. 내가 네 집에 있을 만한 참한 가정부 한 명만 구해 보라고 했더니, 우리 집에 있는 그 꼽추 손녀를 보내자고 하더구나. 어디 일이나 제대로 할까 싶었지만 그러기로 했다. 너도 그 애 알지? 나이가 스물이야. 고등학교는 나왔다니, 말귀 못 알아듣고 그러지는 않을 거야. 월급 주겠다는 말 하지 말고 당분간은 그냥 이것저것 시켜 봐라." 어머니가 성북동 집에 있는 그녀를 들먹였을 때, 제일 먼저 떠오른 것은 등에 붙은 봇짐만 한 혹이었다. 어머니처럼 나는 그녀가 많은 일을 처리하기를 바라지는 않았다. 그렇지만 그동안 집안에 드나든 파출부들의 손을 타 꾀가 늘고 눈치가 빤해진 총총을 돌보는 일은 무리 없이 할 수 있을 것 같았다.

그녀가 우리 집에 온 날 내게 보이던 미소는 부신 햇살에 자동적으로 눈살이 찌푸려질 때 같은 부자연스러움이 담겨 있었다. 그것이 내성적인 사람들 특유의 수줍음 같은 것으로 전달되는 데 많은 시간이 필요치는 않았다. 오 씨 아주머니가 성북동 집에 가정부로 들어오면서 데리고 왔다는 그녀는 처음 봤을 때도 얼굴이 헬쑥하고 핏기가 없었다. 성북동 집에서 간혹 얼굴은 대했지만 말을 나눠 본 적은 없었다. 우리 집에 온 첫날도 미소만으로 인사를 치르는 그녀가 나는 무척 마음에 들었다. 내 앞에서 제일 필요없는 게 말이기 때문이다. 나는 진실한 미소야말로 인생 최대의, 인류 최대의 무기이자 방패라고 생각한다. 어떤 상황에서도 그것은 오해나 쓸데없는 추측을 불러오지는 않으니까.

총총이 베란다로 나가 스테인리스 들통에 빠진 건 순식간이었다. 곱사등이가 2층에 올라간 잠깐 사이였다. 녀석이 환기를 시키려고 열어놓은 창문 좁은 틈새로 빠져나간 것도 기이했다.

베란다 한쪽 구석에 놓인 들통 안에는 내가 아내를 위해 생전 처음 끓여 본 미역국이 담겨 있었다. 쇠고기를 넣고 내 손으로 직접 미역국을 끓이며 나는 아내에 대한 연민이 걷잡을 수 없이 밀려와 눈앞이 뿌옇게 흐려졌었다. 병원에서 온 아내를 위해 베풀 수 있는 게 그것밖에 없었다. 나는 정말로 아내가 유산이라도 한 것처럼 자상하게 굴었다. 내 성의에 보답하듯 국물을 떠서 마시는 아내의 등을 꼬옥 껴안아주고 싶었지만 그것만은 참았다. 나에 대한 연민이 밀려들 것 같아서였다.

생각해 보니 아내는 그 미역국이 닳기도 전에 집을 나갔다. 그것을 다 먹으면 영영 나를 떠날 수 없을 것 같아서였을까?

들통에 빠져 몸부림을 치다가 점프 실력으로 빠져나온 녀석은 미역 국물이 흘러내려 눈도 제대로 못 뜨고 허우적거렸다. 똥통을 헤엄치다 나온 생쥐보다 역겨운 꼴이었다. 허옇게 곰팡이가 핀 미역이 목도리처럼 녀석의 목을 감고 있었다.

"왜 들통이 아직도 베란다에 있어요? 어서 저것도 치워요."

나는 속수무책 서 있다가 애매한 곱사등이에게 화풀이를 했다. 들통을 베란다 구석에 내놓은 것도, 파출부들에게 치우지 말라고 지시한 것도 나였다. 미역국이 상하기 전에 아내가 들어올지도 모른다는 희망을 품었었고, 들통이 먼지를 뒤집어쓰는 동안 까마득히 잊고 있었다. 거대한 화분 옆에 있는 들통이 곱사등이의 눈에 띄지 않은 건 당연한 일이고, 내 입으로 총총을 돌보는 일에나 전념하라고 말했었다.

  목욕하는 데 한 시간이나 걸린 총총이 거실에 내려온 지 얼마 안 되어 또다시 말썽을 부렸다.

  내가 텔레비전에 눈을 두고 있는 사이 녀석은 탁자 밑에 장식으로 깔아둔 양털을 한 움큼이나 뽑아놓았다. 발로 짓뭉개고 발톱으로 할퀴어대느라 혈안이 된 녀석에게 나는 휴지통을 집어던졌다. 머리를 정통으로 얻어맞은 녀석은 눈을 똥그랗게 뜨고 나를 보았다. 귀를 내리고 등을 활처럼 굽히고 있는 게 영락없이 나에 대한 도전이자 위협 같다. 제까짓 게 입을 크게 벌려 이빨을 드러내고, 동공을 넓히면 어쩔 것인가. 제 몸을 쉴 새 없이 핥아대는 것으로 내 신경을 어지럽히더니 이제 그것만으로는 부족한 모양이다. 나는 곱사등이를 불러 총총의 발톱이 너무 자랐다고, 좀 신경질적으로 말했다. 어느 사이에 딴 녀석이 되어버린 총총에 대한 감정이었다.

  곱사등이는 서둘러 총총을 안고 이층으로 오르는 계단을

밟았다. 다른 건 몰라도 그녀가 총총을 감싸고 보호하는 일에서만은 등에 붙은 혹 덩이가 전연 방해가 되지 않는 듯 보인다.

총총은 분명히 변했다. 아내가 떠난 후로는 내 앞에서 재롱을 피우는 일도 없었다. 몸을 다 늘여도 닿지 않는 캣타워에 들어가기 위해 점프를 하고, 누구든 밖으로 나가는 틈만 보이면 재빠르게 현관문 밖을 탐색하는 것도 전에 없던 일이었다. 이제 나는 총총이 태곳적부터의 본능을 숨기고 있었는지는 모른다는 혐의를 버릴 수가 없다.

푸른 연꽃

'닳고 닳은 여자치곤 감상적인 데가 있군.'
  푸른 연꽃이 내게 키스를 요구했을 때 나는 흠칫 놀랐다. 차가 고속도로에 진입한 직후였다. 장난을 친 것인지도 모른다는 생각이 든 건 그녀가 운전대를 잡은 내 눈을 바라보며 요란하게 웃었을 때였다.
  내 직감이 맞았다. 담배를 빨아대는 그녀의 얼굴이 키스를 원하는 것처럼 보이지는 않았다. 그녀는 차에서 흘러나오는 음악의 리듬에 맞춰 담뱃재를 털어 내며 몸을 흔들었다. 비음의 목소리만큼이나 손놀림도 나긋하고 나른했다.

"집에 예쁜 고양이가 있다고 하지 않았어? 데려오지?"

그녀는 존댓말을 하면 벌금이라도 내기로 한 것처럼 꼬박꼬박 반말이었다. 그것으로 노리는 게 뭔지는 알 수 없었다.

"우리 집 총총은 이렇게 눈이 많이 온 날 강원도에 데려가면 얼어 죽기 십상이야. 흰 털 고양이라 눈 속에 파묻히면 보이지도 않겠군. 페르시아 고양이는 야생에서 살아남을 수 없어. 추위도 심하게 타지. 그 우아한 털 때문에 밖에 나오면 만사가 다 고행일 걸."

나는 좀 귀찮은 듯 대꾸했다. 난데없이 고양이 얘기라니.

"고양이는 차멀미를 하지 않아."

푸른 연꽃은 자신이 피우고 있던 담배를 빼서 내 입에 넣어주며 말했다. 나는 엉겁결에 담배를 받아 한 모금 빨았다.

"내 꿈은 눈 쌓인 시베리아 벌판을 끝없이 달리는 거야. 옆에 샴고양이를 앉히고, 영화에 나오는 흰 마차를 타고."

그녀는 신이 나 있었다. 눈을 좋아하는 여자인가? 그녀가 전화를 해 느닷없이 눈 보러 가자는 제의를 해왔을 때 나는 깊게, 오래 생각하지 않았다. "우리 강원도 가서 가볍게 눈 구경 하고 올까? 심심하면 모텔에 들어가 그것도 하고." 그녀의 말투부터가 그럴 필요가 없다고 말하고 있었다.

"우리 열 번 만나면 기념으로 뭘 하지? 오늘 우리 아홉 번째야."

그녀는 진지하게 묻고 있었다. 그랬던가? 나는 그녀가 우리의 만남을 하나하나 기억하고 있다는 것에 부담을 느꼈다.

"당신한테 어릴 때 지리산에서 살지 않았느냐고 묻던 여자 기억나? 그 모텔 이름이 수선화였잖아. 서른 살 정도는 된 여자였지? 처음엔 머리가 살짝 돈 여자인지도 모른다고 생각했었어. 차 번호판 가리고 모텔 출입하는 남자의 턱 밑에 얼굴 바싹 들이대고 반가워 죽겠다는 표정을 짓고, 두 번째 갔을 때는 인사까지 했잖아."

내가 말없이 차를 몰자 그녀는 몸을 돌려 내 얼굴을 빤히 바라보았다.

"우리가 다섯 번째 만남을 가졌던 모텔 말이야. 기억나지?"

내가 알기로 세상은 정신 분열 증세를 지니고 멀쩡한 사람들 틈에 끼어 살아가는 사람들 천지다. 누가 멀쩡하고 누가 환자인지 구분도 모호하다. 내가 뜨악했던 건 푸른 연꽃의 입에서 생생히 흘러나온 '우리의 다섯 번째 만남'

때문이었다. 그녀는 어쩌자고 그런 것들을 세세히 기억하는가? 그녀와 내가 우연히 만나 가슴이 뜨거워지고, 그래서 쇠붙이가 자석에 이끌리듯 자연스러웠던 관계라면 몰라도 너무 생뚱맞지 않는가?

푸른 연꽃과 나는 몸이 섹스를 원할 때 상대와 그것이 일치하면 만나서 몸을 교환하자고 자판을 톡톡톡 두드려 합의하고 만난 사이였다. 나는 밝은 대낮에, 눈 쌓인 강원도를 향해 그녀와 함께 떠나고 있다는 사실이 아직도 실감나지 않았다. 나는 지금껏 그녀를 모텔 방 침대 위에서만 느껴 왔다. 또다시 찾아올지 모를 602동 남자가 아니라면 그녀의 돌발적인 제의를 받아들일 이유도 없었다.

"아직 대답 안 했어. 열 번째 만나면 기념으로 뭘 할 거냐구?"

그녀는 사랑스러운 연인이 하듯 애교까지 부리고 있다.

"당신과 절교하고 그룹섹스 사이트에 들어가서 좀 더 화끈한 여자를 골라 볼까 해."

"진심이야?"

그녀는 토라지지도, 놀라지도 않았다.

"당신 섹스 끝내 주게 하는 남자 아닌데? 알고 있지?"

열여섯 살 때부터 남자를 알았다는 그녀가 파악한 바라면 맞을 것이다. 그렇다고 충격을 받은 건 아니었다. 푸른 연꽃과 나는 원치 않으면 어떤 이유나 변명 없이 싫다는 의사만 전달하면 되는 사이였다.

푸른 연꽃의 남성 편력은 화려했다. 고교 때 아이가 둘 있는 남자 교사에게 성을 배우는 것을 시작으로, 지방 도시에서 보낸 4년의 대학 생활은 숱한 남학생들과 섹스의 향연을 벌인 기간이었다. 이후 컴퓨터 채팅으로 만난 남자들의 수로 말하자면 버드나무 가지에 붙은 버들잎을 헤아리는 게 더 의미 있는 일이라고 했다. 그런 여자가 나와 몇 번을 만났고, 어디를 갔었다고 일일이 기억하며 덤비는 것을 어떻게 해석해야 한단 말인가?

"난 내 욕망에 최선을 다할 뿐이야. 시시각각 사그라지고 있는 몸뚱이잖아. 내가 두 눈 똑바로 뜨고 있는 동안 할 수 있는 게 그것 말고 또 뭐가 있는데?"

나는 푸른 연꽃에게 그 말을 세 번째 듣는다. 그녀가 하는 말 중에서 유일하게 마음에 드는 것이기도 하다.

"지고지순하면 불륜도 사랑이 될 수 있다는 것에 대해 어떻게 생각해?"

차가 횡성을 넘어갈 때 푸른 연꽃이 던진 질문으로 당황해, 나는 하마터면 중앙선을 넘을 뻔했다. 잘 나가다 가끔 한번씩 브레이크를 걸게 만드는 그녀를 나는 룸미러를 통해 힐끗 바라보았다. 원치 않으면 대꾸하지 않아도 되는 사이, 그녀와의 관계가 나는 또 한번 마음에 든다.

샴고양이를 옆에 끼고 시베리아 벌판을 달리는 꿈의 기원이 어디인지, 일주일에 세 번 학원에 나가 중학생들을 가르치는 일의 고단함이 무엇인지 물어주지 않아도 어색하지 않은 관계 말이다.

"오늘은 섹스 하지 말까?"

푸른 연꽃이 또다시 말을 걸어온 건 내가 아내의 꿈에 대해 떠올리고 있을 때였다. 아내는 꿈이라고 할 만한 걸 달리 지니고 있지 않았다. 스물셋에 우리 회사 신입 사원으로 입사한 그녀는 아이보리 빛 자가드 커튼처럼 화려하지도, 초라하지도 않았다. 자주 세탁을 해도 매양 그대로일 것 같은 그녀를 내 집 거실에 앉히고 싶다는 마음은 꿀을 발견한 정찰벌들이 꼬리춤을 추어대는 것처럼 자연스러웠다. 삶에 연륜이 쌓인 어른들이 아무 근거도, 증거도 없이 흔히들 인연이라고 말하는 게 그런 감정일까?

나는 아내가 선택한 가출도 아내의 인생과 불가분의 관계에 놓인 것일지도 모른다고 생각하자 가슴 한구석이 저려왔다.

내가 푸른 연꽃에 대해 기억하는 것? 치약이 칫솔모를 다 덮을 만큼 풀어 양치를 해도 입에서 담배 냄새가 난다는 것. 누렇게 담뱃진이 밴 잇속이, 흰 이를 가진 여자보다 상큼하지는 않지만 매력은 있다는 것. 그러나 그게 다였다. 그녀와는 늦은 밤거리를 걷다가 헤어지기 싫어 한방으로 들어갔던 절절함이 없었다.

"원래 그렇게 말이 없는 사람이야?"

푸른 연꽃이 살짝 토라진 소리를 내질렀다.

"사랑이란 말이야, 자기가 가진 모든 것을 다 내려놓고 훌훌 먼 길을 떠날 수 있는 것 아닐까? 타인에 대한 사랑도 결국은 밑바탕에 자기애가 깔려 있는 것 아니겠어? 밑바닥에서 그게 작동하지 않으면 아무 일도 안 일어나거든."

"무슨 소리야?"

"말이라는 걸 지껄이라니까 해보는 소리야."

"지금 나한테 뭔가 골나 있는 것 같아. 너 그렇게 함부로 사는 거 아니다 그러면서 질책하는 것 같기도 하고. 맞아?"

푸른 연꽃은 진짜 화가 나 있는 얼굴로 덤벼들었다.

"난 자기가 강원도 가자는 내 한마디에 바로 차 끌고 나와 줘서 감동 먹었거든. 진작부터 자기를 사랑하고 있지 않았나 하는 생각까지 들었는데."

사랑이란 상대방이 고백을 듣고 보일 반응까지 염두에 두는 것이다. 그나마의 관계까지 어그러질까 봐 유보하고, 인내하고, 가슴앓이를 하고. 그런 걸 겪지 않은 사랑이 진정한 것일까?

"난 우리 집 고양이가 하도 속을 긁어서 나왔거든. 같은 아파트에 사는 범생이 남자가 있는데, 그도 나를 너무 괴롭혀. 날 구원해 주는 자기 전화 받고 기뻐서 날뛸 뻔했어. 고양이랑 놀고 싶고, 범생이 남자랑 술이라도 한잔 하고 싶은 걸 다 뿌리치고 나왔어야 사랑 아닌가? 우리 마누라처럼 버스를 백 대나 가진 회사 사모님 자리를 미련 없이 버리고 떠날 수 있어야 되는 거지."

"자기 지금 보니까 말 진짜 많은 사람이었구나. 그리고 나한테는 동대문에 옷가게 갖고 있어서 겨울에는 일 안하고도 먹고사는 거라면서? 어쩐지 수상하다 했어. 동대문에서 장사하는 사람치고는 너무 귀골이고, 외제차 끌고 다니면서도 폼 잡을 줄도 모르고. 거짓말을 할 사람으로는 안 봤는데 좀 실망이야. 난 지금까지 거짓말은 안 하고 살았거든."

푸른 연꽃의 얼굴은 안 봐도 울상인 듯했다.

"그런데 자기 마누라 도망간 거 진짜야? 그럼 나 자기 집에 가정부로 들어갈게 월급 많이 줄래?"

한동안 입을 꾹 다물고 창밖으로 시선을 던져두고 있던 푸른 연꽃은 어느새 장난기 가득한 원래의 상태로 돌아와 있었다. 아닌 게 아니라 말이 너무 많았다고, 원주를 넘어서면서부터 눈 천지인 세상이어서 잠시 평정을 잃었다고 후회하고 있을 때였다.

헬스장

　결혼 생활 13년 만에 마련한 집입니다. 1억 넘게 대출을 받았으니 월세 내는 심정으로 20년간 빚을 갚아야 온전히 내 집이라고 할 수 있지요. 그래도 내 이름으로 된 집이 있다는 데에서 오던 그 벅찬 감동은 지금도 표현할 길이 없습니다. 우리 부모님 죽으라고 피땀 흘려 일했어도 자식들을 시집 장가 보낼 때까지 전셋집을 면치 못했으니까요. 옥탑방, 반지하집, 연립, 다세대 주택 두루두루 다 살아보다 아파트는 처음입니다. 그것도 내 이름으로 되어 있는 아파트지요. 술이 아니어도 처음엔 그 집이 그 집 같았죠. 겉은 다 같아도 복층으로 된 아파트 동이 따로 있다는 것도 그날의 사고 때문에 알게 되었습니다.

　그날 저는 오랜만에 기분이 참 좋았습니다. 제집도 생겼고, 부장으로 진급을 시켜 줄 수 있는 상사들에게 술대접을 하고 돌아오는 길이었으니까. 세 명이 단란주점에 들어가 고급 양주를 여섯 병이나 마시고 열두 시 넘어 택시를 탔지요. 택시비를 어떻게 내고 어떻게 내렸는지 기억도 없습니다. 머리가 빙빙 돌아도 곧 승진을 하면 아내의 바람대로 셋째 아이도 낳아보겠다는 생각을 해보며 즐거웠던 기억은 납니다. 분명 내 집에 왔는데 왜 내 마누라가 보이지 않고, 없던 2층이 갑자기 만들어졌을까 한순간 의아했습니다. 남의 집 거실에 대자로 뻗은 게 그 순간인 듯합니다.

　다시 말하지만 그날 저는 기분이 무척 좋았습니다. 상사분들께 호탕한 놈으로 보이기 위해 주량을 넘긴 술을 마셨고, 한 달 월급을 통째로 술값에 써버렸거든요. 내가 성취해 놓은 것들로 내 인생이 한 단계 업그레이드 될 거라는 기쁨으로 술이 나를 통째로 먹고 있다는 것도 몰랐습니다. 우리 집사람이나 저나 평범한 사람입니다. 남의 집을 초상집으로 만들어놓고 뻔뻔스럽게 얼굴 들고 살 수 있을 만큼 철면피는 아니지요. 한 아파트에서 이렇게 얼굴 부딪치며 산다는 것도 서로 못할 짓 아닙니까. 경기가 안 좋아 자신 있게 말할 수는 없지만 집 빠지는 대로 저희가 이사를 가겠습니다. 두 아이들 교육 문제 때문에 집값이 비싼 이 동네를 고집했던 것인데, 이젠 마음 편히 살 수 있는 곳이면 어디든 좋겠다는 생각이 듭니다. 집 빠지면 적게라도 성의 표시로 위자료를 드리겠습니다. 제 죄책감을 덜어주기 위한 것이라고 생각하고 받아주십시오.

　편지는 날짜가 없어 우편함에 몇 날 며칠 처박혀 있었는지 알 수 없었다. 2층에 머무는 곱사등이에게 우편함 관리까지 시키려다가 그만두었다. 602동 남자의 편지가 우편함에 오래오래 박혀 있은 건 결과적으로 잘된 일이다. 여전히 그 문제는 위자료를 받겠다고도, 그럴 필요 없다고도 말하기 불편한 사안이다. 나는 이번에도 시치미를 떼기로 했다.

 선생님이 위자료를 내놓겠다면 저는 사례비를 내놓아야겠군요. 아내의 뱃속에서는 부정한 씨앗이 자라고 있었지요. 아내는 그 아이를 지우기 위해 병원을 다섯 차례나 다녀왔고, 번번이 뜻을 이루지 못하고 돌아왔습니다. 한 생명체를 마음대로 죽이고 살리고 한다는 게 쉬운 일은 아니니까요. 그날의 사고가 아내와 저의 오랜 골칫거리를 해결해준 셈이지요. 이사라니, 천부당만부당합니다. 사례비를 청구한다면 얼마든지 드리겠습니다.

602동 남자가 한 대로 날짜도, 이름도 없이 쓴 편지를 접어 봉투에 넣었다. 봉합하는 대로 602동 101호의 우편함에 넣을지 말지는 결정이 나지 않았다. 생각지도 않았던 문장들이 술술 쏟아져 나왔을 때 누군가 내 머리통을 열어봤다면 장난기 가득한 악마들이 우글거리고 있는 것을 발견했을 것이다. 단언하건데 그것은 602동 남자를 위한 편지가 아니었다.

아버지의 사십구재를 위해 용두사에 머물렀던 아내는 확실히 변해서 돌아왔다. 선처를 바라는 눈물도 없이 용두사에서 만난 사내와의 불미스러운 일을 고백했을 때 나는 아내가 이미 부정의 씨앗을 품었다고 여겼다. 아내는 쥐도 새도 모르게 아이를 하나 얻고 싶어 제정신이 아니었다고 말했다. 낯선 남자의 넓은 가슴과 단단한 근육질과 살 냄새에 미쳐 제 의지를 포박당했었다고. 나는 아내를 용서하자고 마음먹었다. 아내의 눈에서 흘러나온 눈물이 뺨을 타고 목을 타고 흘러내리는 순간 자동적으로 내 마음이 열리면서 연민이 우러나왔다. 어머니가 종용해 온 일을 내가 묵인한 것도 아내의 부정을 덮어버리고 싶어서였다. 자진해서 엄청난 과오를 실토한 아내의 저의가 나를 떠나겠다는 선포였는지도 모르겠다는 생각은 시간이 지나면서야 찾아들었다. '쥐도 새도 모르게 아이를 만들어 평생 나를 기만할 작정이었던가?'

나는 어머니의 각본대로 아내의 배가 점점 불러 올 때마다 혐오감이 일었다. 그 안에 진짜 부정의 씨가 들어 있을 것만 같았다. 내가 예민하게 굴고 있다는 걸 몰라서가 아니었다. 그럴수록 아내의 배는 약이라도 올리듯 날이 갈수록 부풀어 올랐다.

아내는 탈바가지를 넣은 둥근 배를 내밀고 대형 마트를 다녀왔으며, 퇴근하는 나를 맞기 위해 주차장 부근에 서 있기도 했다. 한여름 땡볕에 녹아내리는 아이스크림을 빨며 느릿느릿 걸어오는 아내의 뱃속에 곧 태어날 아이가 들어 있다는 것을 의심하는 사람은 없었다. 그러나 나는 아내가 뱃속에 품고 있는 게 용두도에서 만난 사내가 뿌린 부정의 씨앗이라는 생각을 떨칠 수가 없었다.

602동 남자는 헬스장 러닝머신 위에서 뛰고 있었다. 그는 체력 단련에 큰 의미를 두는 사람 같았다. 그가 아침저녁으로 시간을 내어 조깅을 하고 있음을 안 것도 그 사건이 일어나고 나서였다. 우리 집 건너편 동에 결혼 13년 만에 생애 처음으로 집을 마련한 마흔 살의 남자가 있다는 것도 물론이었다.

나는 남자와 부딪치기 싫어 신발을 갈아 신다가 헬스장을 빠져나왔다. 그가 여섯 살짜리 딸아이에게 그네를 태워주기 위해 주말이면 아파트 중앙 놀이터에서 많은 시간을 보낸다는 게, 조용히 책을 보기 위해 휴일 오후에 아파트 담장 근처의 벤치에 나와 있다는 게 내 인생과 무슨 관계가 있단 말인가? 그를 전부터 알고 있었다고 해도 끊임없이 체력을 단련하고, 배포를 부려서라도 승진을 해야 하는 남자에게 관심을 갖지는 않았을 것이다.

나는 번식을 행하는 세상의 사내들이 부리는 욕심에 일찌감치 등을 보임으로써 자유를 누려온 놈이었다. 억척으로 얻어 내는 부귀와 영화에 눈을 감으면 허탈과 함께 해탈이 찾아듦을 알고 있었다.

내가 맨정신으로 아내의 부정을 덮을 수 있다고 생각한 것도 그래서였다. 죽으면 썩어 문드러질 몸, 젊어 한때 함부로 좀 놀렸다고 가슴에 칼을 품을 일은 아니었다. 그것이 허탈이든, 해탈이든 상관없었다.

가능하다면 나는 아내에 대한 미움도 걷고, 애착도 걷고, 아내의 가출까지도 가볍게 넘겨 버리고 싶다. 북향의 창가에 붙어 있던 날벌레 한 마리가 햇볕을 찾아 남향의 창가로 날아가 앉은 것처럼 자연스럽고 사소한 일로 말이다.

차 안을 정리하다가 뒷좌석 바닥에 푸른 연꽃의 목도리가 떨어져 있는 걸 발견했다. 강원도에 다녀오던 날 빨간 오리털 점퍼 위에 두르고 있던 흰색 캐시미어였다. 목도리를 전해 주기 위해서 만난다면 열 번째였다. 무엇으로든 기념을 하자던 만남. 내가 채팅으로 만나 한 번쯤 몸을 교환한 여자들의 숫자도 우리 집 거실에 분재해 놓은 단풍나무 잎 정도는 될 것이다. 나는 그 속에서 영원으로 이어지지 않는 것들의 축제를 관장하는 초라한 제사장이라도 된 기분이었다.

의도적이었을까? 내가 돌려줄 마음이 없다면 이건 푸른 연꽃이 남긴 이별 선물쯤 되겠지. 그러나 흰색 여성용 목도리가 내게 크게 필요한 물건이 아니라는 생각에 나는 별수 없이 좀 시큰둥해졌다.

보석산

602동 남자와 함께 넘고 있는 건 생전에 아버지가 사들인 보석산이었다. 남자는 그동안 자신을 괴롭혀 온 죗값을 내가 지불해야 한다고 했다. 이 산에서 쏟아져 나오는 보석들로 장식품을 만들면 부르는 게 값이라지? 이 산을 내게 넘겨야겠어. 그동안 내가 잠을 이루지 못한 것까지 다 셈하자면 머리가 아플 지경이야. 나는 아버지가 목숨까지 버려 가며 사들인 산이라며 고개를 저었다. 그것만 아니라면 무슨 조건이든 다 들어주겠다고. 그러나 남자가 원하는 건 그 산이라고 했다. 산만 있으면 몇 대가 부른 배를 두드리며 살 수 있을 거라고. 나는 뒤따라오는 남자를 피하기 위해 산골짜기에 몸을 숨기기도 하고, 썩은 물이 고여 있는 웅덩이에 뛰어들기도 했다. 저런, 냄새나는 물에 얼굴만 묻고 있잖아. 똥구멍을 그렇게 쳐들고 있으면 독수리가 날아가다가 똥침을 놓고 간다구. 그만 포기하고 나오는 게 어때. 남자는 휙휙 날아 내가 숨어 있는 곳을 찾아냈다. 산은 넓고 넓어서 온종일 피해 다녀도 밖으로 나오는 출구가 보이지 않았다. 이제 포기하는 게 어때. 내 손을 벗어날 수는 없을 텐데. 평생 괴롭힘을 당하느니 이쯤에서 포기하는 게 낫지 않겠어? 어느 순간 남자는 중학교 3년 내내 나를 괴롭혀 온 칼자국 소년으로 변해 있기도 했다. 나는 녀석에서 아버지가 생일선물로 사준 시계를 빼앗겼고, 새 책가방을 빼앗겼고, 일주일에 한 번은 아버지의 지갑에서 훔쳐 낸 돈을 갖다 바쳐야 했다. 너는 값을 치러야 돼. 세상만사가 그런 것이야. 당연해. 공평한 거라니까. 부당하면 한쪽에서 썩어들어 가는 게 세상 이치란 말이야. 저 웅덩이 좀 봐. 흐르지 않으니까 썩어들잖아. 돈도 그래. 골고루 흐르지 않으면 썩는다고. 겨우 바위 틈새를 발견해 머리카락 한 올 보이지 않게 숨었다고 여기는 순간 바로 눈앞에 602동 남자가 서 있었다. 그러다 어느 순간 그는 만삭인 임신부처럼 배가 나온 정신과 의사로 바뀌어 있었다.

  내 잠을 깨운 건 총총이었다. 밤 열한 시가 넘어 있었다. 이불을 걷고 밖으로 나갔을 때 총총은 안절부절못하면서 아기 울음소리를 내고 있었다. 내가 다가가자마자 내 발에 몸을 비벼댔다. 외음부 주변을 건드렸더니 녀석은 꼬리를 들어 올리고 허리를 구부리며 연신 응석이 심한 갓난아이 울음소리를 냈다. 녀석은 한 사오 일, 길면 일주일까지도 온 집 안에 암내를 풍기며 돌아다닐 것이다. 교배가 이루어지지 않으면 발정기는 열흘을 넘기기도 한다.

곱사등이는 자는 것일까? 나는 녀석을 그대로 두고 내 방으로 들어왔다. 녀석도 그대로 포기하기는 싫다는 뜻인지 발로 방문을 박박 긁어댔다.

나는 녀석의 울부짖음이 커져 갈수록 독해지자고 마음먹는다. 나는 방으로 들어와 아내가 떠난 뒤로는 한 번도 만져 본 적이 없는 오디오의 전원을 켰다. 볼륨을 최대한 높였다. 녀석이 밤새 방문을 긁어댄다 해도 숙면을 방해 받지 않을 만큼 큰 음악이 감미롭게 흘러나왔다.

    지난날, 그대에게 멋진 사랑의 사연이 있었다는 것쯤은 누구나 알고 있지
    사랑은 불꽃처럼 타올라 그대의 눈 속에 환멸을 남기고 이내 곧 사라지고 말았지
    현기증이 날 정도의 열정이 금방 식을 거란 사실을 나는 알고 있었네

지금의 그대는 지난날의 그대가 아닌 듯, 담배와 술, 다이아몬드와 춤, 오늘 무도회장에서 춤추는 누군가를 발견하는 것, 그대가 오직 그것만을 생각하고 있다는 사실을 아무도 알지 못한다네
　완전히 세상 물정에 익숙해진 듯 보일지언정, 그대는 지난날의 사랑을 잊지 못한 채 지금은 누구에게도 마음을 주지 못하고 그저 눈물 흘리고 있을 뿐이라네

　사라 본의 「순진하지 않은 숙녀 Sophisticated Lady」였다. 아내는 그 노래를 듣고 또 들으며 하염없이 일요일 오후를 보내곤 했었다.
　나는 시간이 지날수록 총총에게 쫓기듯이 방으로 들어온 게 슬그머니 약이 오르고 부아가 났다. 발정 난 몸을 어찌지 못해 녀석이 발광을 해대는 것을 지켜본다고 해서 누가 나를 탓할 것인가. 새삼 억울했다.
　녀석의 발정이 더 심해진다면 호르몬 주사를 맞힐 수밖에 없는 것일까? 그것을 사용하면 배란이 일어나고 발정은 줄어들지만, 암고양이의 정상 생리 주기를 막아 자궁과 난소에 암을 유발할 수 있다고 했다. 총총이 유방암에 걸리기를 바라는 건 아니다. 다만 녀석이 십분 제 처지를 헤아려 마음을 가라앉히고 분만 후엔 뿔뿔이 흩어져 갈 새끼

따위에 연연하지 않기를 바랄 뿐이다. 이름이 달리 총총인가.

아내가 있을 때는 녀석과 한 이불을 덮고 잔 적도 있었지만, 1년에 몇 마리씩 쏟아 낸다는 고양이 새끼를 다 받아 낼 수는 없다. 나는 총총이 밖을 모르는 녀석인 만큼 그럭저럭 두고 지내 볼 작정이었다. 그런데 밤마다 수고양이를 부르는 소리로 내 신경을 어지럽히는 녀석을 간과할 수가 없다. 그것은 여지없이 다른 사내의 살 냄새가 그리워 떠난 아내를 떠올리게 했다. 발정이 더 심해진다면 나는 녀석을 과감히 불임 수술대 위에 올릴 것이다.

아내가 고양이 분양 숍에서 생후 2개월 된 페르시안 고양이를 데려오겠다고 했을 때 내가 아는 상식은 간단했다. 페르시안 고양이는 '소파 고양이'라고 불릴 정도로 얌전하고 목소리도 부드러워 집 안에서 키우기 좋다는 것.

먼지 낀 사막을 이동하며 무역을 하던 캐러밴들이 페르시아와 이란을 떠나 머나먼 행상길을 나설 때, 진기한 향료와 보석들로 가득 찬 상품의 대열에는 보다 더 비밀스럽고 귀중한 것이 있었다. 긴 털을 가진 고양이. 캐러밴들은 이 고양이의 원산지를 따라 페르시안이란 이름을 붙였다. 화려한 양탄자 위에 한 귀족이 늘어지게 앉아 있고, 그 곁에는 페르시안 고양이가 있는 듯 없는 듯 조용히 앉아 있다. 쥐를 노리는 듯 도사린 자세가 아니라 인형 같은 편안한 모습이다. 귀족은 가끔 고양이의 긴 털을 쓰다듬으며 귀엽다는 듯 애정을 표시하고, 고양이는 이따금 하품을 하며 고요한 평화를 깬다. 페르시안 고양이의 정형화된 상징은 그것이었다.

아내가 데려온 고양이는 그 이미지 그대로였다. 길고 유려한 흰색 털과 활짝 핀 꽃 같은 얼굴, 커다랗고 맑은 눈. 나는 고양이의 긴 털에 매력을 느낀 페르시안인들에게도 동요되었다. 권력 계층으로 자리 잡으면서 계획적으로 점차 고양이를 번식시켜 애완동물로 삼았던 그들이 긴 털의 고양이를 곁에 둔 이유는 게을러도 되는 여유로움을 과시하고, 권위와 더불어 야성적인 남성미를 은연중에 드러내는 데 있었다고 한다. 어쩌면 상대를 제압하는 기묘한 분위기가 목적이었을 수도 있다. 느긋한 자세로 털을 쓰다듬는 모습은 세상에 아무 근심 없는 장면을 펼쳐 놓지 않는가.

나는 총총이 자신이 순수 혈통을 지닌 페르시아 고양이라는 사실을 자각하기를, 타고난 품성대로 느긋하게 여유를 과시하며 실내의 품격을 높이는 한 폭의 그림처럼 우아하게 있어주기를 바랄 뿐이다.

덫

　주차장에 차를 세우고 나오는데 관리실 경비가 난처한 얼굴로 다가와 총총이 유치원생 여자 아이의 손목을 물어뜯었다고 했다.
　"그럴 리가요?"
　내 반응은 잠시의 틈도 없이 튀어 나갔다.
　"아이가 울고 놀이터에서 팔딱팔딱 뛰고 난리가 났었습니다."
　"흰색 털 고양이 맞습니까? 우리 고양이는 애완용입니다."
　"우리 아파트 상가에 있는 학원에서 그 아이 엄마가 수학을 가르치고 있잖습니까. 제가 뛰어가서 모셔 왔습니다. 아이 손목에 깊게 상처가 나고 피가 뚝뚝뚝 흘러나왔다니까요. 602동 101호 여자 아이입니다. 유치원 다녀와서 놀이터 나온 지 얼마 안 되어서 그랬어요."
　"602동 101호요? 확실합니까?"
　내 눈빛은 덤불 속에서 먹잇감을 발견한 여우처럼 교활해졌다.
　"제가 가서 직접 모셔왔다니까요. 사장님 댁 바로 옆에 있는 동 아닙니까."

경비는 602동 남자가 저지른 실수를 벌써 잊었냐는 얼굴이었다. 그날 밤 사건으로 아내가 유산되었다는 소문은 따지고 보면 경비의 입을 타고 흘러나왔을 터였다.

"그렇군요. 잘 알겠습니다. 제가 사과를 하러 그 댁에 가야겠군요."

나는 튼실한 덫을 준비한 여우처럼 여유만만해진 얼굴로 돌아섰다.

집에 들어왔을 때, 곱사등이의 증언은 달랐다. 범인은 누런 털빛 고양이였다. 놀이터 한구석의 벤치 밑에서 총총의 몸을 타고 앉아 목덜미를 물어뜯던 누런 털빛 고양이가 밑에서 신음하고 있는 총총을 구해 주려고 하는 여자 아이의 손목을 물어뜯고 달아났다고 했다.

나는 누가 덫까지 채갈까 봐 불안해진 여우처럼 집 안을 서성이다가 602동 남자의 퇴근 시간에 맞춰 그 집을 방문했다. 놀이터에 도망친 누런 털빛 고양이가 있었다는 것을 누군가 증언하기 전에 서둘러야 했다.

남자의 집 내부는 황량했다. 커다란 등짐 같은 검정색 브라운관을 업고 있는 골드스타 텔레비전과 한쪽이 꺼져 내린 소파, 식탁보로 홈집들을 가린 나무 책상.

"서로 못 당할 일 당했다고 칩시다. 살다 보면 이렇게도 엮이고 저렇게도 엮이게 되는 거지요."

내가 방문 목적을 밝히고 나자 남자가 말했다. 그의 아내가 종종걸음을 치며 커피 한 잔을 내온 직후였다.

"면목이 없습니다."

나는 지난날 남자가 했던 것처럼 얼굴 들기가 편치 않다는 연출을 했다. 병원에 다녀온 아이의 안부를 물은 건 물론이었다. 소독하고 붕대를 감고 돌아온 아이는 방에서 자고 있다고 했다. 마음 같아서는 "서로 비긴 겁니다. 쌤쌤이지요." 하고 싶었지만 되바라진 사람 흉내는 내키지 않았다.

"지난번 저희 집에 아내 때문에 오셨을 때, 저는 커피 한 잔도 못 드렸습니다. 죄송했습니다."

나는 어머니 식 대화법을 썼다.

커피 한 잔을 비우고 다시 한번 사과를 하며 일어섰을 때, 나는 남자의 얼굴이 예전 같은 고통이나 괴로움으로 얼룩져 있지 않다는 것을 확인했다. 나도 가뿐하게 목례까지 마칠 수 있었다.

나는 놀이터 벤치로 나와 담배를 피우며 602동 101호에서 흘러나오는 불빛을 오래 바라보았다. 그 집 아이의 손목을 물어뜯은 게 정말 총총이었다면, 나는 속을 툭 털어놓고 남자에게 술을 한잔 하자고 청할 수 있었을까?

'세상을 움직이는 게 진실만이 아니더라 그겁니다. 저는 제가 운이 좋아서 많이 가진 아버지를 만난 값을 치르는 것이라고, 제 병을 짚어 낸 의사에게 감동했습니다. 능력 있는 의사였지요. 환자들이 줄을 서서 기다렸으니까요. 그는 분명 그랬습니다. 많이 가진 자는 가난한 사람들에게 베풀어야 한다구요. 그래서 저는 으슥한 골목으로 끌어내 칼을 들이대는 불량 친구에게 기꺼이 카메라도 주고, 카세트도 주고, 스키복도 벗어주었지요. 그랬더니 점점 두려움이 없어지더군요. 어느 날은 이 친구가 나를 두려워하면서 그 짓을 그만두더란 말입니다. 그런데 제가 정신병원을 드나들었다는 사실이 먼 과거가 된 어느 날, 텔레비전에서 살인 사건 뉴스를 보게 되었죠. 삼인조 강도가 정신과 의사 집에 들어갔는데 금 목걸이 하나 없다고 버티는 바람에 화가 나서 배를 난도질했다는 겁니다. 창자까지 밖으로 터져 나온 시신은 끔찍했죠. 저는 실수로 모자이크 처리가 벗겨진 피해자의 얼굴을 보고 경악했습니다. 가진 자는 베풀어야 된다던 한마디 말로 제 병을 고쳐 준 의사였습니다. 그는 어기적거리지 않으면 걷지도 못할 만큼 배가 나오고 살이 쪄 있었거든요. 베풀라는 그의 말에 몸속의 독소를 제거하듯 눈물을 빼내며 저는 성자를 봤다고 생각했었습니다. 이후의 삶에서도 그 마음은 변함이 없었지요. 적어도 그 뉴스를 보게 되기 전까지는 말입니다.'

나는 담배 한 대를 더 빼물었다. 아직 안심하기는 이른 지도 몰랐다. 오밤중에라도 남자가 진상을 알고 찾아와 그 순진한 얼굴을 쳐들고 애매한 고양이를 잡았다며 또다시 괴로워하지 말란 법이 없었다. 그렇다면 그에게 싫어도 말 해야 하지 않겠는가. '진실이란 놈이야말로 야누스의 면모를 가장 극심하게 드러내는 게 아닌가 싶습니다. 정신과 의사의 그 불룩했던 배 같은 것이지요. 저는 자애를 봤고 인격을 봤던 그 배에서 누군가는 탐욕을 봤더란 말입니다. 칼에 난도질 당한 배에서 나오는 건 부패할 내장이지요. 그리고 누군가는 그것이야말로 진짜 진실이라고 주장할 것 입니다. 그러나 그건 삶에 애착이 많은 놈들이나 관심을 갖는 사안 아니겠습니까? 저는 제 몸뚱이가 부서져 내릴 때까지 그저 조용히 살고 싶거든요. 이해하시겠습니까?' 그런데 내가 왜 타인에게 이해 받기 위해 구차한 말들을 늘어놓아야 한단 말인가?

속임수

아버지 사십구재를 지낸 절에 아내가 있다는 소식을 물어 온 건 어머니였다. 어머니가 무슨 재주로 아내의 행방을 알아냈을까? 돌아온 아내를 내치겠다는 분노도 없었지만 아내를 찾아 집을 나서겠다고 생각한 적도 없었다.

해물 동그랑땡에서는 새우와 오징어 살이 많이 씹혔다. 어머니는 내게 그것을 만들어주기 위해 손수 새벽 수산 시장을 찾았다고 했다. 어머니는 그것 때문에 규정에 없는 운전수의 시간과 잠을 빼앗았을 것이다.

나는 식사 한 끼쯤은 건너뛰어도 상관이 없다고 생각하고 있지만, 어머니는 끼니를 챙겨 먹는 일에 목숨을 건 사람처럼 군다. 그게 아니라면 이제 어머니가 나를 위해 해줄 수 있는 게 없다는 쓰디쓴 자각을 지우기 위해서일까?

후식으로 식혜까지 준비해 온 어머니는 끝내 별다른 말이 없이 돌아갔다. 어머니 역시 아내의 문제가 명쾌하게 정리되지 않은 게 틀림없었다. 아내의 문제가 새벽 시장을 가기 위해 운전수의 곤한 잠을 깨우는 것처럼 간단하지 않다는 데 감사해야 할까?

어머니는 냉정했다. 제 감정에서 빠져나오지 못한 음성으로 아내에게 심한 욕을 퍼붓지도 않았고, 살다 살다 이런 법은 없다고 푸념을 하지도 않았다.

어머니는 민첩하게 머리를 놀려 세상을 골라 딛는 데 익숙한 사람이었다. 어머니는 나 역시도 한세상을 멋지게 속여 보기를 바라고 있을까? 가능하다면 나 자신까지도 속이며 드높이 뛰어올라 현란한 세상 한복판에 안전하게 착지하기를 바랄 것이다. 그래서 그 어떤 상처에도 훼손되지 않은 내가 건져 낼 게 무엇인지는 나도 알 수 없다.

어머니가 만들어온 음식들로 배를 채우고 커피도 한 잔 마셨다. 설탕도 크림도 없이 커피 두 스푼만을 넣어 맛은 진했다. 나는 고도의 머리 회전을 요구하는 문제를 대했을 때처럼 긴장을 유지하고 문제와 정면으로 부딪쳐야 한다고 생각했다. 아내가 그립기는 한가? 문제의 본질만 찾으면 답은 늘 가까이 있는 법이다. 나는 심사숙고하기 위해 미간을 모았다.

아내가 집을 나간 그날도 나는 내 밤 시간을 지켜 줄 쾌락을 위해 푸른 연꽃과 모텔로 향했다. 아내가 먼 길을 나선 것과는 별개로 내 밤이 낯선 여자와의 섹스로 가벼웠던 것처럼, 우리들 저마다의 외로움은 행선지가 정해지지 않은 여행길에 혼자 짊어져야 할 짐 같은 것이다.

모든 인간들의 존재란 곧 포클레인이 파헤칠 공사장 한쪽에 뿌리내린 풀 포기쯤으로 여기고 있는 나다. 지금껏 내가 아내의 가출에도 온전했던 건, 순전히 그런 의식을 비상약처럼 품고 있어서다.

나는 뱀처럼 간사해진다. 몇 번 입을 달싹이려다 돌아선 어머니의 능란함에 고개가 숙여진다. 커피의 카페인이 몸

속을 도는지 드디어 머리가 맑아지고 기분까지 좋아진다.

내 앞에는 완전히 무방비 상태인 이틀의 휴일이 놓여 있다. 일단은 아내를 찾아 집을 나서 볼까? 어떤 결과가 펼쳐지든, 그때부터 시작되는 인생은 주 5일제에 책임을 떠넘겨야겠다.

먼 훗날 어쩌면 주 5일제란 놈이 아내와 나의 재회를 증언해 줄지도 모른다. 80킬로그램의 흙덩어리가 무너져 땅으로 돌아갈 때까지 제 인생에 소화하기 벅찬 일은 일어나지 않기를 바라는 한 남자에게 장난을 걸어 자신의 존재를 일깨워 주었다고. 그건 자신의 등장으로 많은 인간들이 자아를 찾아 산으로, 들로, 강으로, 바다로 떠날 때 정작 자신은 저 혼자 부는 바람처럼 심심하고, 심통 나고, 소외감을 견딜 수 없어서였다고.

제3막

 나는 하루에 한 번씩 이 집의 고양이를 목욕시키는 일을 '직업'이라고 말하는 데 망설임이 없다. 세상에는 별의별 직업이 다 있으니까. 불만이 있다면 수고에 따르는 돈을 받지 못한다는 점이다. 하지만 그것도 할머니의 계산대로라면 왈가불가할 일이 아니다. 나는 3년 전부터 이 집안의 밥을 축내 왔으며, 그것은 이승에서 못 갚으면 저승에 가서라도 갚아야 할 빚이라고 했다. 할머니는 제대로 못 들었으면 얼마든지 다시 말해 줄 수도 있다는 듯 '빚'에 힘을 주었다.
 화이트 페르시아 고양이는 조금만 한눈을 팔아도 털이 꼬이고 더러워진다는 걸 알고 있는 할머니가 그런 말을 서

습지 않을 때면 나는 서운함이 목구멍까지 차오른다. 오전에도 녀석은 빗질을 해준 지 반 시간도 지나지 않아 화장실 욕조에 빠져 허우적거렸다. 청소를 하려고 왁스를 풀어놓은 물이었다. 첫인사치고는 좀 심했다.

앉아서 졸다가 나도 모르게 잠든 모양이었다. 눈을 떴을 때, 햇살은 아파트 화단 한가운데에 버티고 있는 목련나무에 반쯤 걸려 있었다. 나는 눈꺼풀을 밀어 올리다가 그럴 필요가 없음을 깨달았다. 여긴 쉴 새 없이 손님을 치러야 하는 성북동 집이 아닌 것이다. 눈을 떠서 창밖을 보면 한낮이라 모든 게 푸졌다. 아파트 단지 곳곳을 떠다니는 먼지와 티끌마저도…….

이 집 2층으로 찾아오는 햇살은 아마도 느긋하고 꼼꼼한 놈일 게다. 어디 마음 편히 쉴 공간이 없나 탐색하다가 이곳이 온종일 비어 있음을 알고 둥지를 튼 게 틀림없다. 햇빛이 마음껏 웃고 떠들고 한숨 늘어지게 자기에, 나라는 존재가 거치적거리지는 않을 것이다. 나라는 사람은 일단 한곳에 자리를 틀고 앉으면 곰처럼 무겁고, 몇 세기를 넘긴 고목처럼 단단해서 때로는 거대한 물체처럼도 보일 것이다.

내가 처음 이 집에 발을 들였을 때, 2층은 곳곳에 먼지가 수북했다. 먼지란 망각의 다른 이름이라는 것을 나는 알고 있었다. 스무 살 내 생애에선 진작에 일어난 일이었다. 할머니가 엿들을 사람도 없는데 조심스럽게 주위를 휘둘러본 후에 일러 준 말로는, 이 집 안주인이 어느 날 갑자기 집을 나갔다고 했다. 바람난 것이라고도 했고, 남편이 아이를 낳을 수 없어 일찌감치 제 길을 찾아 떠난 것이라고도 했다. 처음부터 그렇게 될 일이 아니었겠냐면서는 말꼬리를 삼켰다. 성북동 집의 안방마님이 통화하는 것을 엿들었다며 뒷말을 흐리는 것으로 보아 내게 괜한 말을 했다고 후회하고 있었던 게 틀림없다.

나는 떠난 안주인을 대신해 페르시안 고양이를 보살피기 위해 성북동 집에서 옮겨온 내 임무에만 충실하면 그만이다.

2층 통유리 창으로 들어오는 하늘은 총천연색이다. 코발트 빛, 아이보리 빛, 진자줏빛……. 파랗고 뻘건 빛이 한 몸처럼 섞이어 보랏빛으로 번져 가는 것을 바라볼 때 내 몸은 금방이라도 터질 듯 부풀어 오른다. 구름 속에서 노니는 듯한 충일감이다. 대낮, 그 밝은 시간에 나 말고 누가 하늘 한쪽에서 벌어지고 있는 격렬한 향연을 볼 수 있는가?

붉은빛과 푸른빛의 고동치듯 세찬 섹스! 그 속에서 생산되는 건 팔뚝이 굵고 살이 통통한 사내아이보다는 볼우물이 앙증맞은 계집아이일 듯하다. 나를 낳았을 때 엄마와 아빠도 저렇게 아름다운 섹스를 했을까?

 엄마는 몰라도 아빠는 분명 거칠고 광폭한 속도로 나를 밀어냈을 것만 같다. 혹 사랑의 행위를 하면서 금방이라도 덮쳐 올 듯한 기세인 비행기라도 보았던 것일까?

 할머니는 지금까지도 내 출생에 대해서는 일언반구가 없다. "풀씨도 아스팔트 위에 떨어져서라도 자손을 퍼뜨리는 뱁이여……." 내가 부모에 대해 알고 싶어 할 때마다 할머니는 그렇게 받아치곤 했다. 그렇다면 내가 길가의 이름 없는 풀씨들처럼 하찮고 보잘것없는 존재였다는 말인가? 지나가는 사람의 바짓가랑이에 달라붙어서라도 멀리까지 제 씨를 퍼뜨리는 흔한 풀씨 말이다.

 나는 이 생각 저 생각을 끊임없이 굴리다 만사가 다 귀찮아지면 속편한 결론을 내린다. 어찌 됐건 하나의 생명은 인간의 의지를 떠난 신의 특별한 계시라고. 그래서 바람을 동원하고, 햇볕을 동원하고, 하수구로 흘러가는 물을 동원해서라도 풀씨마저 왕성하게 번식시키는 것이라고……. 그래서 오래된 어느 날 할머니가 작심한 듯 "넌 따로 애비도 없고, 에미도 없다. 그냥 내 딸이려니 해라." 했을 때 퍽 개운치가 않았다. 나는 하늘의 수많은 별들처럼 어느 날 갑자기 불쑥 솟아난 신비로운 생명체일 거라고 여기고 있었기 때문이다. 할머니의 딸보다는 그쪽이 백배 좋았다. 그런데 왜 할머니는 새삼 내 기대를 깨 버리고 나온 것인지, 그것만은 지금까지도 유감스럽다.

앨범

 나는 앨범을 넘기다 말고 놀란 다람쥐처럼 귀를 쫑긋 세웠다. 계단을 올라오고 있는 저 발소리……. 할머니의 것이라기엔 지나친 조심성이다. 할머니도 성북동 안방마님이 외출했을 때는 마룻장이 탭댄스라도 추고 있나 싶을 정도로 경망스럽게 걸어 다닌다. 그럴 때 할머니의 손에는 꼽추 손녀에게 줄 빈대떡이나 샐러드, 전자레인지에 돌린 통닭이 통째로 들려 있었다. 할머니는 저녁 늦게나 오기로 되어 있었다. 성북동 가족들이 저녁을 다 먹어야 하는 시간이니 언제나 올지 알 수도 없다.
 놀라서 커진 내 눈동자가 머문 곳은 텔레비전에서만 본 파리의 에펠 탑 앞에 서서 웃는 노란 원피스의 여자이다. 방금 전, 정체불명의 소리가 들려오기 전까지 나는 그것이 누구일까를 생각해 내는 일에 쏙 빠져 있었다. 이 집 주인 여자일 게 뻔한데도 내 머릿속의 이미지와 달라서였다.

주인 여자의 입매가 고양이를 닮았다는 건 의외다. 이런 이미지의 여자는 독립적인 생활이 불가능하다고 들었다. 어쩌면 그녀는 머지않아 자신의 과오를 깨닫고 눈물로 참회하면서 집에 돌아오는 것이 아닐까? 그렇게 된다면 나는 다시 그 갑갑한 성북동 집의 더부살이 신세로 돌아가게 되는 것일까?

소리는 정확하게 내가 들어 있는 방문 앞에서 멈춘다. 나는 숨을 들이마실 여유조차도 없이 커진 눈동자, 마비된 얼굴 그대로 꼼짝을 않는다. 혹 주인 여자? 나는 숨을 혹 들이마신다. 의사에게서 처음 기형아 판정을 받았을 때, 엄마가 그랬을까? 나는 곧 이 대명천지에 내가 등에 철가방만 한 혹을 달고 나왔다는 사실 외에는 놀랄 일이 없다고 생각한다.

어머니가 장애를 가진 자식을 얻었다는 것을 처음 알고 병원 바닥에 철퍼덕 쓰러져 내렸을(물론 이건 어디까지나 내 추측일 뿐이다.) 그때처럼, 나는 아무것도 겁낼 것이 없다고 생각한다. 뱃속의 나는 어머니가 나를 부담스러워하면 할수록 '별일 아니야, 나머지 일은 세상에 나가서 부딪쳐 보자고.' 했을 것이다. 어머니가 나를 무사히 세상으로 내보내 줄 것인지, 자궁 안에서도 늘 전전긍긍했을 테니까.

나는 발소리를 죽이며 걸어 나가 방문을 열어보았다. 아무도 없다. 바람이 조심스럽게 사방을 살피며 의뭉하게 눈동자를 굴리고 있었던 것일까? 이 집이 비어 있음을 알고 있었던 녀석이 틀림없다. 안주인이 없는 동안 수시로 드나들며 이곳을 아지트로 삼았는지도 모를 일이다. 녀석은 내 존재가 불쾌하기조차 할 것이다. 자신을 밀쳐 내고 이곳을 차지한 침입자에게 감정이 좋을 리 없는 건 당연하다.

총총이라는 이름을 가진, 화이트 페르시안 고양이가 없는 이 집에서 나는 완전히 불청객 같다. 녀석이 나와 이틀을 함께한 후에 내보인 건 분명 거부 반응이었다.

어제 아침부터 녀석은 좀처럼 음식을 먹으려 하지 않았다. 가슴에 품어주려고 안았더니 몸을 비틀었다. 하루 종일 너에게만 매달려 있을 만큼 팔자가 좋지 않아서 말야. 나는 총총에게 말하고 나서 진공청소기를 돌렸다. 아래층과 위층의 방들과 거실, 식당을 청소하고 났을 때 어깨가 쑤셔 왔다. 할머니와 함께 성북동 집을 치우는 것과는 비교도 되지 않았다. 아래층 소파 밑으로 들어가 낮게 몸을 웅크리고 있는 녀석을 발견한 건 무거운 청소기를 끌고 다니느라 지친 몸을 거실 바닥에 부려놓았을 때였다. 녀석은 겁을 먹었는지 소파 밑에서 경계를 늦추지 않았다.

총총이 나오지 않는 시간이 길어지면서 할 수 없이 주인 남자에게 알리기로 했다. 핸드폰 번호를 누르기 전에 성북동 안방마님에게 먼저 전화를 넣었는데 첫마디가 "우리 집 냥이도 겪어봤잖아?"였다. 힐난 어린 말투로 보아 총총이 아픈 것을 내게 뒤집어씌우려는 의도가 분명했다. 녀석이 성북동의 냥이와는 엄청나게 다르다는 것을 어떻게 설명해야 할지 몰라 어물거렸다. 겉모습도 다르고, 이름부터 발랄하고 통통 튀어 오르는 총총이 아니냐고 전화를 끊고 나서야 입을 비죽거렸다.

총총이 태어날 때 조산원 역할을 했다는 고양이 숍 원장 역시도 혐의를 내게 두는 말을 했다. 그녀는 자신이 며칠 데리고 있으면서 증세를 파악해 보겠다고 하면서도 나를 신뢰할 수 없다는 눈빛을 보내왔다. 페르시안 고양이를 기르는 게 처음이라는 내 고백을 듣고 난 후에는 길게 말하지 않아도 다 알겠다는 표정이었다.

할머니가 말한 밥값을 톡톡히 치르고 있다는 생각이 들었다. 총총을 목욕시키고 머리를 빗겨 주고, 밥을 먹이는 일로 신경을 쓰느라고 몸살을 앓은 건 나다. 그렇지만 공연히 주인 남자를 의식하느라 병원은커녕 따뜻한 물 한 잔도 못 마시고 감기를 떨쳐내야 했다.

주인 남자의 말을 너무 소홀히 들은 게 탈이었다. 처음부터 그는 고양이가 아니라면 내가 이 집에 있을 이유가 없다고 했다. 그래도 내가 있어 영 귀찮고 거북하다는 표정만은 스스로 갈무리하는 듯했다. 그는 성북동 안방마님의 뱃속에서 나온 자식이라는 게 믿기지 않을 만큼 점잖고 예의 바른 남자였다. 성북동 안방마님이 순전히 객식구 취급을 하는 내게 한 달에 백만 원을 주겠다고 한 것도 그였다. 안방마님이 마지못해 고개를 끄덕이는 옆에서 할머니의 눈은 커지다 못해 동공이 빵 터져 나갈 듯했다. 나는 그에게 아내가 떠나고 없다는 사실을 상기시키는 말이나 행동을 하지 않으려고 조심하는 게 하루아침에 동거인이 된 사람의 자세라고 생각했다.

총총을 돌보는 일보다 안주인이 없는 집이라는 표가 나지 않게 구석구석 청소를 잘 해야 한다고 생각한 건 내 실수였다. 그러나 알고 보면 인생은 실수로 이루어지는 것들 투성이다. 그런 게 아니라면 나처럼 내세울 것 없는 인간에게는 아무 일도 일어나지 않았을지 모른다.

길을 가다가 딱정벌레를 쏙 빼닮은 코발트 빛 자동차가 세워져 있는 카센터 앞으로 들어갔을 때 내게 물벼락을 내린 건 종하였다. "그 차가 마음에 들어? 독일 수입차야. 웬만한 놈은 전셋집을 내놔도 못 사." 그는 허락 없이 들어선 것을 사과하는 내게 모호한 웃음을 날렸다. '네 주제에 감히 넘볼 게 따로 있지.'가 아니면 '좋은 차를 알아보는 안목이 있군.'일 게 빤한 웃음이었다. "한번 운전석에 앉아 보겠어? 주인은 오후에나 차를 찾으러 올 건데." 그는 직원과 장난질을 하고 있다 내게 실수를 한 대가로 그 정도 일은 얼마든지 해줄 수 있다고 했다. "그 체형으로는 운전이 힘들겠는걸……." 내가 굼뜨게 걸어가 차의 운전석에 앉아본 건 바로 종하의 그 말 때문이었다. 그는 '불구'라는 말 대신 '체형'이라고 했고, 나는 그것 때문에 그의 웃음을 단번에 후자로 해석해 버렸다. 그가 떡볶이를 먹으러 근처 분식집에 가지 않겠느냐고 했을 때 쉽게 응한 것도 그래서였다.

튼튼한 원목으로 짜 맞춘 장롱은 큰방 한쪽 벽면을 다 차지했다. 장롱 속에서 주인 여자의 모피 코트나 무스탕, 버버리 등을 꺼내 몸에 걸쳐 보는 재미는 오후가 되자 시들하다 못해 곰팡내가 났다. 실크 슈미즈에 얼굴을 대 보고 손을 뚤뚤 감아보기도 했다.

시간이 지나면 장롱 속에서도 먼지들이 풀썩풀썩 날아다니며 진저리를 쳐 대리라. 실크 원피스와 색색 가지의 스카프 등을 몸에 감아보다가 이 집 안주인은 어떤 사람이었을까에 생각이 머물렀다. 금가루가 들어 있는 수많은 화장품들과 갖가지 옷들, 여행지에서의 추억이 묻어 있는 앨범들을 두고 왜 떠날 생각을 했을까? 아니, 무엇보다도 하루 온종일 햇살이 후견인 노릇을 하는 2층을 어떻게 통째로 내놓을 수 있었단 말인가?

할머니는 이 기회에 내게 모범적인 가정부 수업이라도 시키려는지 사사건건 잔소리다. 오늘 아침에도 전화를 걸어 느닷없이 게장을 담그는 법을 배우라고 해서 나를 어리둥절하게 만들었다. 성북동 안방마님이 아들 걱정 때문에 밥도 제대로 못 먹는다고 했다.

할머니는 요즈음 주인 남자 때문에 히스테리가 심한 안방마님 때문에 불만이면서도 무슨 요구를 하든 시종일관 웃는 얼굴이다. 할머니는 집을 한 채 살 돈만 모이면 언제든 성북동 집을 나갈 준비가 되어 있기 때문에 그렇게 속을 다 긁어 내놓은 사람처럼 웃을 수 있는 것이다. 나도 그날을 기다리는 것일까? 고기를 배불리 먹은 다음에 콜라를 먹을 것인가, 커피를 마실 것인가를 망설일 때처럼 명쾌한 결론이 나지 않는다. 나도 이제는 할머니의 노동력에 붙어 더부살이를 하던 시절에서 벗어났기 때문이다.

차곡차곡 돈을 모으면 내게도 거금이 생긴다는 게 믿기지 않는다. 꿈은 또 다른 꿈을 낳게 한다. 내 꿈은 딱정벌레를 닮은 소형차를 사는 것이다. 내 눈은 언제나 딱정벌레를 쏙 빼닮은 자가용에만 가 머문다. 외골격이 튼튼한 딱정벌레 속에 파묻히듯 들어가 휘파람을 불며 해안가를 달리고 싶다. 할머니의 고향 근처인 모항이 그림처럼 내 눈앞에 펼쳐진다. 차창을 내리면 바다 냄새가 강하게 콧속으로 스며들고, 차 안에서 흘러나오는 노랫소리는 먼 이국을 달리는 듯한 분위기를 자아낼 것이다.

작년에 할머니와 나는 할머니의 남동생이 모는 트럭에 앉아 그 모든 것들을 감상할 수 있었다. 양옆으로 값비싼 모텔들이 즐비한 해안 도로를 달리는 기분은 그만이었다. 37번 국도. 4월의 봄바람이 간들대며 불어오던 그날 오후를 나는 잊을 수가 없다. 내 생애에 그런 멋진 순간이 자주 있었던 건 아니다. 할머니도 퍽이나 즐거워 보였다.

수평선 저쪽에서 여행객들을 향해 손짓하는 짠내 섞인 유혹과 설렘. 그것은 없는 바람기라도 만들어 낼 만큼 강렬했다. 한참을 돌고 돌아도 끊이지 않던 해안길. 그날도 할머니는 곰소에 가면 싱싱한 새우젓을 살 수 있는지, 그즈음이면 알 찬 가재를 소쿠리가 넘어가게 사올 수 있는지를 물어대느라고 정신이 없었다. 시트 한쪽이 푹 꺼져 내려 차가 움직일 때마다 몸이 기우뚱거리는 불편과, 막걸리 사발이나 돌려 가면서 들으면 어울림 직한 트로트가 나오는 속에서였다. 할머니는 그날 밤 기쁨에 취해 쉽게 잠을 이루지 못했다. 아마도 할머니는 동기간이라고 부를 수 있는 사람들이 멀리나마 살고 있다는 데 감사했을 것이다.

그러나 떠올리긴 싫지만 그날 내게 불쾌감을 준 일이 있었다. 할머니에겐 손자뻘이 된다는, 내 나이 또래의 남자가 내 옆 자리에 앉아 내 가슴에 손을 넣은 것이다. 틈틈이 티셔츠 안을 훔쳐거리다가 벌인 일이었다. 고등학교 졸업하고 일찌감치 농사일에 파묻힌 남자였다. 그 남자애의 손톱 밑에 낀 때가 지금도 잊혀지지 않는다. 꽉꽉 들어차서 바늘로 콕콕 파내지 않으면 속에서 딱딱하게 굳지 않을까 싶을 만큼 두꺼운 때였다. 그런 손을 가진 남자가 아무렇지도 않게 내 가슴에 손을 넣을 수 있었던 건, 역시 그도 아름다움이란 당장 눈으로 감지되는 것이라고 여겨서이리라.

쭉 뻗은 다리와 늘씬한 몸매, 곱고 우아한 머릿결……. 내가 그런 것들을 부러워하지 않았다면 거짓말이다. 그러나 한 번도 입 밖에 내본 적은 없다. 지금까지 누구도 내게 그런 것들이 부럽지 않느냐는 질문 따위는 해오지 않았다. 아니 할 수도 없을 것이다. 등에 혹 덩이를 달고, 키는 보통 사람의 반도 안 되는 내게 고의적으로 상처를 줄 의도가 아니라면 누가 그런 짓을 벌이겠는가?

그러나 꼭 말이 아니라도 검은 때가 낀 손이 소리 없이 말해줄 때, 나는 어쩔 수 없이 알게 될 뿐이다.

초원

뚝배기는 겉까지 그을어, 철수세미로 긁어대지 않으면 안 되었다. 된장을 끓이고, 계란찜을 만들고, 쌈장을 익히고, 단호박을 쪄 내면서 진해진 얼룩이리라.

초원 모텔 후문에 붙은 주차장으로 흰색 자가용 한 대가 미끄러져 들어온다. 나는 뚝배기를 닦던 손을 멈추고 차문이 열리기를 숨 가쁘게 기다린다.

차에서 나온 여자는 청바지 차림이다. 나는 뚝배기를 개수대에 처넣고 좁은 부엌 창문을 활짝 열었다. 밝은 햇살 아래 사랑을 나누기 위해 당당히 걸어가는 연인들을 보고 싶다. 종하는 그곳을 드나드는 이들은 바닥까지 파탄이 나 더 이상 염려할 것이 없는 허울뿐인 가정에서 빠져나왔거나, 애시당초 가정이란 것에 염증과 회의를 느낀 자들일 거라고 했다. 그래서 후미진 곳으로 통하는 후문을 이용할 수 있는 초원 모텔을 찾아오는 것이라고.

스카프로 목을 감싼 여자가 몇 걸음 앞서 걷고 있던 남자에게 바싹 달라붙으며 팔짱을 낀다. 정오의 햇살이 강하게 내리쬐는 속에서 그들은 행복해 보인다. 아마도 저 청년은 지금 자신의 스포츠형 머리 위로 쏟아져 내리는 밝은 햇살의 찰나성을 알고 있을 성싶다.

종하는 내가 삶아준 양배추에 쌈장을 싸서 배불리 먹고, 불러 나온 배를 드러내 놓고 쿨쿨 자고 있다. 잠에서 깨어나면 내게 또 한번 덤벼들지 모른다. 오늘 그는 내 아랫도리만 벗겨 놓고 일을 마쳤다. 그가 좋아하는 양배추를 사기 위해 시장을 들렀다 왔다는 내 말은 귓등으로 흘리며 옷부터 벗기던 성급함이 그의 주체할 수 없는 욕정 때문임을 내가 모르는 건 아니다. 그가 격한 신음을 끝으로 내게서 물러났을 때 나는 아쉬움을 달래며 그에게서 떨어졌다. 뒤로 돌려 침대에 지탱하고 있던 두 팔의 힘이 툭 꺾이면서 몸에서 힘이 빠졌다. "침대 젖기 전에 어서 씻고 옷 입어." 급해서 수건 까는 것을 잊은 게 그제야 생각났는지 침대 한쪽에서 몸을 추스르고 있던 종하가 성마르게 말했다.

낮잠이 좀 더 길어진다면, 그는 오후에도 성급히 내 몸을 탐할 것이다. 저녁에는 그와 함께 사는 사촌형이 일을 마치고 들어온다. 그와 마주치기 전에 내가 이 집을 나가야 되는 것이다.

초원 모텔로 들어가는 이들의 표정이나 나이 등을 분간할 수 없게 내리는 밤의 어둠이 나는 미치도록 좋다. 그들의 등 뒤로 흐르는 게 무엇인지 모를 깊은 어둠 말이다. 곧 맞이할 정염으로 인한 흥분인지, 남의 이목을 피해 으슥한 골목을 찾아들어 오는 이의 비애인지. 설거지를 마치거나 눈물을 쭉쭉 빼면서 쪽파를 까다가 문득 바라보게 되는 연인들의 모습은 마치 내가 드넓은 초원 안으로 걸어 들어가는 기분에 빠지게 해준다. 그러나 종하의 집에서 그런 밤을 맞을 수 있는 기회가 흔한 건 아니다. 종하는 제 사촌형에게 나를 들키지 않으려고 마지막 섹스가 끝나면 보채듯 내 등을 떠밀었다.

그러나 이제 나도 사촌형이 아니라도 오래 머물 수가 없다. 내일은 고양이 분양 숍에 가서 총총을 데려와야 한다. 원장의 말에 의하면 그동안 보살펴 주는 사람이 너무 자주 바뀌어 총총이 스트레스를 받은 것이라고 했다.

흘러내린 국물이 오그라 붙은 채 불길에 시달린 법랑 냄비는 아무리 닦아도 원래의 색깔이 돌아오지 않는다. 그건 종하의 스물세 번째 생일을 축하하기 위해 내가 한 달 전에 사준 것이었다. 귀여운 곰 가족이 공을 가지고 풀밭에서 놀고 있는 그림이 마음에 들어 나는 세일 기간도 아닌 백화점에서 지갑을 열었다. 할머니가 준 용돈을 꼬박꼬박 모아둔 것이었다.

그릇들은 종하의 손을 타기 시작하면서 더러워지고 금이 가고, 보일 듯 말 듯 얼룩이 생겼다. 남자의 손이 다 그렇지 싶다. 그렇지만 낡고 닳은 그릇들을 과감하게 던질 권한이 내게 있는 건 아니다. 종하의 것이니까. 내가 새 그릇들을 사 와도 곧 국물에 찌들고 때가 탈 것임을 모르는 것도 아니다.

아파트 창들마다 어둠이 내렸다. 할머니가 청양고추를 넣고 끓인 고등어조림 냄새가 2층까지 올라온다. 음식을 맛있게 먹어줄 가족만 있어준다면 더 이상 바랄 게 없는 풍경이다.

객식구들이 남의 집 식탁을 차고앉아 식사를 즐기고 있다는 게 즐거운 일만은 아니다. 성북동 집의 일을 끝낸 할머니가 숨 고를 사이도 없이 달려와 차려 놓은 저녁식탁에 앉지 않은 건 주인 남자였다. 그는 퇴근하자마자 또다시 외출을 했다. 사람 사는 냄새가 나게 신경을 써 달라는 안방마님의 요구대로 풍성한 식탁을 차린 할머니의 수고는 허사였다.

"밥 두 그릇을 때왈치게 잘 먹었다."

고등어조림 냄비를 다 비우고 길게 트림까지 해대는 할머니의 입에서 매운 내가 훅 끼쳐 왔다. 할머니는 늘 밥을 잘 먹었다고 하는 사람이다. 배부를 때마다 매번 '때왈치게' 먹었다고 하는데 사전에 있는 말인지조차 의심스럽다.

피아노로「소녀의 기도」를 연주하는 것보다 곰팡이젓으로 김치를 담그는 일이 더 가치 있다고 여기는 사람은 없을 것이다. 세상 물정 몰라도 그 정도는 나도 안다. 그렇지만 성북동의 안방마님이 할머니의 음식 솜씨 때문에 할머니를 좋아하는 것을 달리 설명할 방도는 없다. 「소녀의 기도」가 얼마나 훌륭한 음악인지를 할머니에게 설명하기란 중국 황룡 동굴의 종유석들이 만나 사랑을 이루는 날을 보는 것만큼이나 불가능한 일이다. 할머니의 타고난 음식 솜씨도 시간에 마모되는 것일까? 그런 일이 벌어진다면 안방마님이 할머니를 내치는 건 보지 않아도 뻔한 일이다.

할머니는 입가에 고추장을 새똥만 하게 묻힌 채, 간밤에 본 드라마를 놓고 흥분하고 있다. 할머니가 하룻저녁도 빼놓지 않고 보는 건 저녁 아홉 시 반에 하는 일일연속극이다. 전화가 울린 건 할머니가 "전처 버리고 젊은 여자 꿰찬 놈은 지금은 잘살지 몰라도 말년에 반드시 고생하는 법이다."를 느리지도 빠르지도 않게 뱉어 냈을 때이다.

"내일 성북동 집에서 하기로 되어 있는 안방마님 생일잔치가 취소되었단다."

전화기를 내려놓는 할머니의 얼굴은 실망에 차 있다. 사흘 전에 받은 월급을 할머니는 통장에 다 넣어버렸다. 먹고 잘 곳 있는데 돈이 왜 필요하냐고 말하는 할머니였다. 잔치를 하게 되면 최소한 3만 원 정도는 자신의 호주머니에 넣을 수 있음을 계산에 넣었을 것이다.

할머니는 매일 반찬값에서 조금씩 돈을 남겼다. 물건 하나를 사도 대충 사지 않고 싸고 싱싱한 것을 찾아 발품을 파는 할머니의 수고에 대한 대가라고 한다면, 나도 할 말은 없다.

"한 달에 그만한 돈으로 무슨 반찬을 해 먹는다고······."

할머니는 드디어 몹시 언짢을 때 내는 콧소리를 내었다. 최근에 안방마님이 식비를 줄이겠다고 한 모양이었다. 할머니의 계산대로라면 지금껏 내놓은 것도 물가에 비해 터무니없이 적은 돈이었다. 그렇지만 할머니가 지금까지 안방마님에게 토를 달지 않은 것은, 혹 덩이인 내 존재가 도마에 오를까 봐서였을 것이다. 말발이 센 할머니는 식탁에 쇠고기나 버섯, 전복이나 소라 등을 얼마나 빈번하게 올리느냐고 딱 부러지게 말할 수도 있었다. 그러나 나를 소리 없이 데리고 있고 싶어서라면 말발 따위는 과감하게 죽일 사람이었다.

할머니는 겉으로는 둔하고 무심한 듯 보이지만 꾀가 많고 영리한 사람이다. 안방마님이 상주하는 가정부로 있으라고 했을 때, 손녀딸 혼자 있게 할 수는 없다고 곤란한 표정을 지은 것만 봐도 그렇다. 처음부터 할머니는 안방마님이 자신의 음식 솜씨를 인정하고 있다는 걸 강력한 무기로 삼고 있었다. 애초에 받기로 한 금액에서 조금도 깎이지 않고 나를 데리고 들어간다는 조건까지 통과시킨 할머니는 절대로 기쁜 낯빛을 보이지도 않았다.

예전에 파출부로 드나들었던 성북동 집에서 연락이 오기 전, 할머니는 직업소개소 여기저기에 전화를 걸어야 했다. 파출부 자리를 구하기 위해서였다. 직업소개소에서 한다는 소리는 열에 아홉여덟은 똑같았다. 마땅한 자리가 나오면 연락을 해주겠다는 것이었다. 호적 나이가 세 살이나 많게 되어 있다는 할머니의 거짓말도 통하지 않았다. 요리도 잘하고, 빨래도 거뜬히 하고, 커튼도 세탁할 수 있다는 말에도 결과는 똑같았다.

요리사 자격증이 있다면 부잣집 식탁만 책임지는 일을 소개시켜 주겠다고 나온 소개소가 딱 한 군데 있기는 했다. 그러나 할머니에게 그런 것이 있을 리 없었다. 필기시험까지 봐야 하는 요리사 자격증이라니. 할머니는 음식 맛내는 것은 거의 타고났지만 당근을 익히면 비타민 C가 파괴된다는 기초적인 상식마저도 지니고 있지 않았다. 야무지고 똑똑해 누구에게도 빈축을 사 본 적 없는 할머니가 제 이름자 하나 쓸 줄 몰랐다고 하면 누구도 믿으려 들지 않을 것이다.

오정순. 할머니가 자신의 이름을 쓸 수 있게 된 것도 나이 육십이 넘어서였다. 세상에 태어나 살게 된 이상, 제 이름자 정도는 쓸 줄 알아야 되지 않겠느냐는 내 설득에 마지못해 펜을 쥔 것이다. "이 세상엔 박사 모자까지 썼어도 제대로 못 사는 사람이 수도 없어야……." 이제 막 글자라는 것을 써 본 유치원생처럼 괴발개발인 글자를 흉봤을 때도 할머니는 조금도 기죽지 않았다.

십오야 밝은 달

며칠 병원 신세를 지고 온 게 마치 예비된 수순이었다는 듯 병을 털어 낸 총총은 이제야 낯가림을 멈추고 나를 조금 받아주었다.

고양이를 분양하고 교배시켜 주는 숍 원장이 총총과 나와의 관계를 설명하기 위해 끌어온 비유는 아프리카 정글에서만 살아온 사람과 극지방에서 온 에스키모였다. 언어나 자연환경, 주변의 동식물, 복장, 일상에서 마주치는 위험 요소나 생활 방식 등이 극단적으로 다른 두 사람이 안전한 가옥에서 편안하게 살고 싶은 욕구는 같겠지만 그것을 이뤄 내는 방식은 현저히 다를 수밖에 없다. 완전히 다른 종의 생물이 어떻게, 왜 그렇게 행동하는지 이해하려면 그들이 세상을 바라보는 방식과 생존하기 위해 극복해야 하는 문제점들을 자세히 살펴봐야 한다. 인간은 세상 모든 것이 인간을 중심으로 돌아간다고 생각하는 경향이 있다. 그러나 고양이는 인간과 동일한 세상에 살면서도 완전히 다른 시각으로 세상을 이해한다. 고도의 청각과 후각, 촉각을 지닌 고양이는 우리가 거의 알아차리지 못하는 요소들의 영향을 훨씬 더 많이 받기 때문이다. 인간은 상상 속에서나 가질 수 있는 민첩함과 조용함을 지닌 완벽한 사냥꾼인 고양이가 살아가는 세상은, 물리적으로는 우리와 같은 곳일지 몰라도 우리가 알 수 없는 낯선 세계이다. 마치 어느 날 갑자기 정글에서 깨어난 에스키모가 느끼는 것처럼 말이다.

그녀가 총총과의 좋은 관계 유지를 위해 내게 해준 알 듯 모를 듯한 말들에 고개를 끄덕이고 돌아오는 내내 발걸음이 무거웠다. 그래 봤자 고양이 한 마리 아니냐고 내가 녀석을 너무 쉽게 생각했었다.

총총의 울음소리 때문에 간밤에도 잠을 설쳤다. 2층의 작은 방에 거처를 정하고 났을 때의 편안함이 요즘은 총총의 방과 가깝다는 점 때문에 여간 실망스러운 게 아니었다. 나도 잠만큼은 할머니처럼 파리가 얼굴에 똥을 싸는지 오줌을 싸는지 모르게 자야 한다고 생각하는 사람이다.

며칠 잠을 못 자 내 눈자위는 짓물러 있었다. 총총을 목욕시키고 나면 기운이 쏙 빠졌다. 나는 고양이 한 마리 때문에 힘들어한다는 표를 내지 않으려고 두 발에 힘을 꼬옥 주고 계단을 오르내렸다. 성북동 안방마님의 심부름으로 갈비찜과 황태포찜을 싸들고 온 할머니에게도 그런 내색은 하고 싶지 않았다.

"여기서 자고 새벽에 일찍 오라더라. 멸치도 볶아놓고, 수정과도 담가 주고 오라는데 몸이 열 개라도 오늘은 못하겠다. 하루 종일 손님을 치렀으면 양심이라는 게 있어야지. 내 몸뚱이는 쇳덩이로 만들어진 줄 아나."

할머니는 내가 쓰는 방으로 들어가 이불을 펴더니 곧 고된 숨소리를 내었다. 나도 총총이 자는 것을 확인하고 할머니 곁에 누웠다. 할머니는 온종일 일하고 샤워도 하지 않았는지 몸에서 시큼한 땀 냄새가 났다. 나는 살집이 좋은 할머니의 옆에 눕기만 해도 절로 잠이 쏟아졌다. 할머니의 가슴에 손을 넣고 가만히 더듬어보았다. 건포도처럼 말라붙은 젖꼭지가 아슬아슬하게 잡혔다. 촉감을 느껴 보고 싶어 젖꼭지를 세게 꼬집었는데도 할머니는 여전히 코를 곯았다.

할머니가 숨을 쉴 때마다 입이 벌어지고, 그때마다 심한 입 냄새가 새어 나왔다. 나는 할머니에게 착 달라붙었던 몸을 떼내었다. 땀 냄새까지는 몰라도 입 냄새는 참을 수 없었다. 내게도 가족이 있다는 뿌듯함에 젖어본 것으로 족했어야 했다.

할머니가 이모보다 나를 더 사랑하고 있는지에 대해서는 자신이 없지만, 적어도 나를 더 어른스럽게 생각하고 있는 건 확실하다. 나는 할머니의 친손녀일까, 외손녀일까? 그러나 이제 그런 궁금증마저도 부질없다. 할머니는 죽는 순간까지도 "너는 내 딸이다, 알았냐?" 할 것이기 때문이다. 나도 속 편히 할머니의 딸로 살아갈 작정이다. 지금껏 그래왔던 것처럼.

자주 팔자타령을 일삼지만 제 배로 낳은 딸도 있는 할머니가 나는 부럽다. 할머니의 표현대로라면 그 딸이 제 목구멍에 풀칠하느라 바빠 어미가 사는지 죽는지도 모르지만 맘만 먹으면 언제든 달려갈 수 있는 대한민국에 살고 있지 않는가.

좀 늦었지만, 이모가 갓난아이라도 하나 낳아준다면 할머니를 위해서도 더없이 좋은 일이 될 것이다. 텔레비전에서 나이 마흔이 넘어 아이를 낳은 여자들이 나올 때마다 나는 이모를 떠올리곤 한다. 할머니가 들었다면 분명 "미친년 제 앞가림이나 제대로 해야지. 수건인지 똥걸레인지도 모르고 설치는 년이 무슨……." 하며 흰자위가 늘어나게 이모에게 눈을 흘겼을 일이긴 하다.

그러나 이모도 할머니에게 호의적이기만 한 것은 아니다. '엄마 팔자도 알고 보면 엿같아.' 소리를 서슴없이 뱉어냈던 적도 있었다. 그에 맞서 할머니도 '오살년, 육실헐년, 사내 좆에 숨구멍이라도 박을 년.' 했다. 서로 지지 않고 상대를 흠집 내 놓고도 돌아서면 웃는 질척함, 나는 그런 게 어머니와 딸의 관계일지도 모르겠다고 생각한다.

"읍내에 나가 제 딸이 무슨 짓을 하건 벌어온 돈 세느라고 바빴다. 돈이 어찌나 많은지 놉까지 얻어서 셌다. 돈 세는 거 감독하고 있는 그 정성 반만이라도 나한테 쏟았으면 내가 지금 이 꼴로는 안 산다." 이모는 자신이 나이 스물도 되기 전에 술을 배우고 읍내에 나가 남자들과 어울려 놀았던 게 다 할머니 때문이었다고 핏발을 세웠다. "하긴 돈도 원수지." 두고두고 풀어내도 끝이 보이지 않을 것 같은 욕설의 대상이 어느 순간에는 불분명해질 때도 있었다. 이모가 "그게 바로 액이야. 한꺼번에 돈이 쏟아져 들어오는 거, 그게 얼마나 무서운 액인데." 하며 슬그머니 목소리를 낮출 때는 할머니의 서슬을 피하기 위해서였다.

「열아홉 순정」을 불러 대며 신작로를 갈지자로 걸어오곤 했다는 할머니…… 할머니가 뭉텅뭉텅 벌어들인 돈을 대번에 액이라고 단정한 이모도 할머니가 대단했던 여자라는 건 부인하지 않았다. 그러면서도 바닷가 사방 천지에 널린

생합이 할머니에게만 돈을 만들어준 비밀이 있을 거라고 생각하는 눈치였다.

　종일 잡은 생합이며 생선을 넘기려고 할머니에게 몰려드는 사람들은 동네 사람들만이 아니었다. 한나절을 걸어서 오는 이도 있었고, 신선함을 유지하려고 걸음 빠른 배달꾼을 사는 이도 있었다. 물 간 생합이나 생선은 받지 않는 걸 원칙으로 하는 할머니는 장에 내다 파는 것보다 비싼 가격으로 물건들을 사들였다. 그러고는 밤늦게까지 산 그 물건들을 새벽빛 들기 무섭게 오토바이에 싣고 전주로 나가 여관이나 식당에 돌려 돈을 곱도 넘게 받았다. 남자들을 든든한 일꾼으로 삼고서였다. 물건과 함께 주고받는 현찰이 아니면 거래를 않는 할머니였지만 항상 물건이 모자라 탈이었다.

　이모는 그 시절에 할머니가 부린 위세를 말로는 다 할 수 없다고 했다. 참아야 하는 얘기를 한다는 듯 혀를 찰찰찰 차며 "자식도 있는 여자가 술로 도배를 하는 것으로도 모자라서……"를 마지못한 척하며 끄집어내기도 했다. 어느 날 이모가 동네 친구들과 신작로를 걸어오고 있는데, 할머니가 천하가 떠내려갈 듯이 노래를 부르며 오고 있었다. "이놈들아, 내가 누군 줄 알고 그러느냐. 내가 오정순이다, 이놈들아!" 혼자 호령까지 하는 할머니를 피해 이모는 뒤로 내뺐다가 살금살금 뒤를 밟으며 돌아왔다.

"세 필지가 넘었으니 그 밭이 좀 넓고 길었겠니. 거짓말 조금 보태서, 그 밭이 다 끝날 때까지 질질질 오줌을 싸 대는데 그 오줌발로 길이 패일 정도였다." 그 말을 할 때만은 이모의 얼굴에도 웃음기가 어렸다. 동네 여자들이 모여 할머니 흉을 볼 때면 늘 나오는 게 그 오줌발이었다. 밤마다 요강이 박살 나지 않는 게 천만다행이라고.

할머니가 몇 년을 일꾼으로 부리며 믿어왔던 기둥서방에게 속아 가진 땅 다 팔아먹고 동네 사람들 보기 창피해 서울로 야반도주를 한 이후로 술은 입에도 대지 않았지만 전성기를 이루어준 게 돈이었다는 사실은 지금도 부인하지 않았다.

이모는 어이없이 돈을 날려먹은 할머니가 원망스럽다 못해 저주스럽기까지 한 듯했다. 이모는 딸이 시집을 보내달라고 하는 데도 돈이 없어 쩔쩔맸던 할머니의 험담을 시작하기에 앞서 언제나 한 칸짜리 방을 들먹였다. 할머니가 시골집을 팔아 챙긴 돈으로 서울에 올라와 얻은 방이었는데, 빈대와 벼룩들이 열아홉 살인 이모의 야들야들한 피부를 벌겋게 헤집어놓았다고 했다.

"그 많은 돈 벌어서 나 줬어? 그 돈 반의 반만 나 주었어도 가게라도 차려서 나 보란 듯이 살았을 거야. 야금야금 곶감처럼 빼먹다가 감질나니까 전 재산 다 빼들고 날린 위인 그리워서 한때는 잠도 못 이뤘잖수. 사람 같은 놈이면 5년간 든 정이 아쉬워서 다는 못 빨아먹었을 거야. 이놈 저놈 안 가리고 놀 힘 있었으면 돈이나 빼앗기지 말던가. 처자식 버젓이 있는 놈 뭘 믿고 마음까지 줬냐 이 말이야. 돈까지 있는 년 씹구멍 싫다고 할 놈 있어?" 이모는 고양이 쥐 잡듯 할머니를 몰아세웠다. 그때만은 시집을 두 번이나 가고도 못 살고 돌아와 할머니가 벌어오는 돈을 축내는 자신의 처지를 까마득히 잊은 듯했다. 그런데도 할머니는 입맛이 당기지 않는다고 돌아누운 이모에게 아침마다 꼬박꼬박 밥상을 차려 들이밀었고, 저녁에 들어올 때는 센베이나 찹쌀 도넛 등을 사와 안기었다. 늙은 어머니가 허리가 휘게 남의 집 일을 하고 와도 밥해 놓을 줄도 모르던 딸년이 뭐가 그리 예쁜지 얼굴을 바싹 붙이고 웃음꽃을 피우는 것을 보면 질투가 날 때도 있었다.

서른다섯에 남편을 잃고 가진 것도 배운 것도 없었던 할머니가 혼자 힘으로 그런 부를 누려 봤다면 억울할 것도, 아쉬울 것도 없는 인생이라고 나는 생각한다. 어디다 내놓아도 빠지지 않을 미모로 시집을 두 번이나 가고도 못 살고 돌아온 이모와 비길 것인가. 무엇보다도 할머니는 제 속에서 나온 딸을 거두려고 지금까지도 늙은 몸뚱어리를 쉴 새 없이 놀리고 있지 않는가. 할머니에게 그런 시절이라도 없었다면 등에 커다란 혹 덩이를 매단 손녀딸을 돌보며 늙어가는 노년이 얼마나 쓸쓸했을 것인가?

지난 일을 자꾸자꾸 들추는 이모의 회한 한편에 무엇이 있는지는 몰라도, 돈을 한 보따리 벌어 오토바이에 싣고 왔다는 할머니의 과거사는 나를 미칠 만큼 들뜨게 했다. 주인집에서 버린 유행 지난 옷과 그릇들을 주워 오고, 먹다 남은 딸기잼을 챙겨오고, 장아찌나 장조림 등을 표 나지 않게 덜어오곤 하던 할머니만을 보아온 내게는 전설 같은 얘기일 수밖에 없었다.

캣타워

삼겹살 한 근을 구워 혼자 다 먹고 난 종하는 내가 부탁한 캣타워를 만드느라 땀을 뻘뻘 흘리고 있다. 캣타워는 고양이가 이리저리 옮겨 다니고 올라 다닐 수 있는 고양이 전용 가구였다. 나는 밖으로만 나가려는 총총을 붙잡아두기 위해 집안에서 가지고 노는 장난감을 많이 만들어주기로 했다.

종하는 두 개의 기둥은 원통형 나무를, 하단의 베이스는

합판을, 원통 모양의 선반은 고물상에서 주운 플라스틱 관을 이용해 만들었다. 책만 보고 비싼 가구를 단숨에 만들어 내는 종하가 나는 자랑스러웠다.

보리차를 끓이고, 겨울에 보일러가 고장 나면 머리 감을 물도 데우는 커다란 스테인리스 주전자에 물을 받아 가스레인지에 올렸다. 지난번에 씻어놓고 간 주전자는 또 그을어 있다. 아쉬운 대로 종하에게 커피를 타 주고 철수세미로 닦아봐야겠다.

"커피 안 마셔?"

종하가 목에 건 수건으로 땀을 닦아 내며 나를 보았다. 커피 냄새가 흘러나오자마자 마시고 싶었지만 빈속이었다. 고기를 굽기 무섭게 입으로 가져가는 종하에게 상추를 싸서 기다리다가 건네주었다. 할머니가 내 입에 맛있는 것을 하나라도 더 넣어주려고 안달하는 마음 같은 것이었다. 그러나 나는 양송이와 고기가 다 없어질 때까지 종하가 단 한 점도 내게 먹어보라는 말을 하지 않았다는 사실을 깨닫고 조금 서운해졌다. 한 달에 두 번 쉬는 종하를 위해 달려오느라고 나는 아침도 굶었다. 성북동 집 일을 끝내고 나를 위해 달려온 할머니에게 고맙다는 말을 할 새도 없었다.

"커피는 아침에 주인집에서 마시고 나왔어."

그러나 나는 늦게라도 종하가 나를 생각해 주는 게 고마워 조금쯤은 감동한 얼굴로 말했다.

모양이 완성된 캣타워에 접착제를 바르고 비로드 천으로 감싸고 있는 종하의 뒷모습은 듬직했다. 나는 벗어놓은 옷들을 빨아대면서 그의 넓은 등짝과 어깨를 슬쩍슬쩍 훔쳐보았다. 마치 우리가 낳은 아이에게 줄 놀이 기구를 만드는 것만 같아 기분이 좋아진다. 종하라면 이다음에 아이의 침대와 유모차도 자신의 손으로 만들어줄 수 있을 것이다. 이곳저곳에서 자재들을 주워 와 뚝딱거리고 나면 훌륭한 가구들이 놓여 있을 것이다.

종하는 내가 요구하기만 하면 무엇이든 다 만들어줄 수 있을 것이다. 나를 사랑해서가 아니라 조립하여 만드는 것을 좋아하는 그의 천성 때문이다. 힘들다고 늘 투덜거리긴 하지만 카센터 직원이 그에게는 천직 같다.

나는 종하가 내 뒷모습을 보고 있는지 아닌지 신경 쓰며 길고 좁은 골목을 걸어 나온다. 동네 사람들 눈에 띌까 봐 그는 한 번도 나를 배웅 나와 본 적이 없다. 늘 그랬으니까 서운하지도 않다. 다만 그가 창문으로라도 내 등에 붙은 혹 덩이를 보게 되는 게 싫을 뿐이다. 유부남도 아닌 종하가 나와 함께라면 후미진 골목에 붙어 있는 여관조차 꺼리는 것은 내 등에 붙은 혹 덩이 때문일 것이다.

그가 다른 사람들 앞에 내놓기 싫어하는 그것을 나라고 좋아하는 건 아니다. 그러나 커다란 등짐처럼 붙어 내게 고통을 주는 그 혹에서 인내가 나오고, 무욕이 나오고, 허심이 나온다. 눈을 뜨기 전부터 나를 따라다닌 천근만근 무거운 그 살덩이를 끌고 나는 젖은 흙땅을 걸어가야 한다.

초원 모텔 건물 모퉁이를 돌 때 나는 뒤를 돌아보았다. 원목으로 만든 캣타워를 들고 먼 길을 가야 하는 내가 걱정되어 어쩌면 종하가 창문으로 내다볼 지도 모른다는 생각이 들어서였다. 그러나 기우였다. 내가 청소를 마치고 나오며 커튼을 닫아놓은 창문은 2월의 찬바람 따위는 한 점도 들이지 않겠다는 듯 견고히 닫혀 있었다. 멀쩡한 하늘에 검은 구름이 실려오듯 내 마음에 슬픔이 밀려들었다.

오늘은 종하가 자신의 차로 나를 바래다주겠다고 할지도 모른다고 은근히 기대하고 있었다. 정비사 자격증을 가지고 있는 종하가 폐차 직전의 차를 얻어 여기저기서 구한 부속품을 끼웠다는 차는 겉만 소나타였다. 종하는 나를 만나지 않는 날은 그것을 몰고 시외로 나가 바람을 쐬고 돌아온다고 했다. 그 차에 한 번도 나를 태워 준 적은 없지만 나는 종하의 비상한 재주가 자랑스러워 절로 어깨가 올라갔다.

종하가 운전석 옆 자리에 나를 싣고 여문 콩깍지처럼 햇살이 벌어지는 대낮 속으로 나가는 날이 언젠가는 올까?

자줏빛 비로드 천으로 감싸인 캣타워는 고급스러웠다. 총총은 출구 안쪽을 들여다보는 것이 힘들자 두 팔을 쭉 뻗고 그 좁은 틈으로 상체를 들이밀었다. 긴 꼬리를 들까불며 간신히 들어간 녀석이 밖으로 나온 건 한참 후였다. 몸을 돌려 출구를 찾기가 힘들었는지 숨까지 헉헉댔다. 하지만 탐색이 만족스럽지는 않았던 모양이다. 총총은 제 몸보다 훨씬 높은 캣타워에 들어가기 위해 힘껏 점프를 하더니 또다시 좁은 출구 속으로 몸을 밀어 넣었다. 밖으로 나왔을 때는 우아한 털이 다 헝클어져 있었다.

어제 오후에도 녀석은 내 눈과 입을 쩍 벌어지게 만들었다. 내 손목이 겨우 드나들 수 있을까 말까 한 공간에 녀석이 머리와 어깨를 집어넣고 있었다. 마치 창문 사이에 총총이 낀 것처럼 보였다. 빠져나가기 위해 몸을 납작하게 만든 녀석을 안았을 때 내 다리가 후들후들 떨렸다. 온갖 호강을 다 누리고 있으니 총총에게 호기심이 없으리라 여긴 건 큰 착각이었다. 총총은 내 간섭으로 창틈으로 빠져나가지 못한 게 억울한지 오후 내내 창밖만 바라보았다. 화단가 나무 위에서 퍼드덕거리는 새 한 마리를 좇아 고개를 이리저리 돌려 대기도 했다가, 이를 딱딱 부딪치며 무언가를 잡으려는 행동을 취하기도 했다. 녀석이 한동안 기운 없이 있어 창밖을 보았더니, 새가 멀리로 날아가고 있었다. 집 안에 있는 장난감처럼 다시 눈앞으로 돌아오는 게 아니라는 것을 아는지 녀석은 아쉬운 표정으로 먼 곳을 응시했다.

주인 여자가 집 안에서 온종일 끼고 지냈다는 고양이를 왜 버려두고 갔는지 모르겠다. 캣트리도 챙겨야 하고, 머리빗도 챙겨야 하고, 전용 사료도 챙겨야 해서 번거로웠을까? 페르시안 고양이는 볕 잘 드는 거실을 떠나서는 살기 힘든 동물이라서일까?

가느다란 다리와 작은 귀, 둥근 몸통. 총총은 누구에게서나 보호 본능을 이끌어 낼 만한 외형을 가졌다. 그렇지만 녀석이 온화하고 얌전해 보이는 외피 속에 무엇을 숨기고 있는지를 진단하기는 아직 이르다. 긴 털로 위장된 전술이 무엇인지도…….

누런 털빛 고양이

총총이 피를 흘리며 날갯죽지를 파닥거리는 새 한 마리를 발로 이리저리 차 대며 놀았다. 익숙한 아파트 출입구가 보이자 총총이 몸을 비틀어서 내려 준 게 잘못이었다.

"사람이나 동물이나 안에 있다 밖에 나오면 저렇게 좋은 법이다."

주인 남자에게 약밥을 해주라는 성북동 안방마님의 요구로 함께 마트에 다녀오는 길인 할머니가 말했다. 할머니는 손이 많이 가는 약밥을 만들어야 하지만, 안방마님의 잔소리를 떠나 마음대로 웃고 떠들 수 있는 집으로 온 해방감으로 들떠 있었다.

나는 할머니에게 고양이라고 다 같은 게 아니라는 것을, 총총이 성북동의 냥이와는 얼마나 다른 종자인지 말하는 대신 서둘러 화단가로 갔다. 누런 털빛 고양이 한 마리가 피가 흐르는 새를 물어 쓰레기장이 있는 쪽으로 가며 총총을 유인하고 있었다. 총총보다 세 배는 몸집이 큰 도둑고양이었다. 고개를 쳐들고 한동안 물끄러미 쳐다보고 있던 총총은 누런 털빛 고양이가 걸음을 멈추고 서 있자 쏜살같이 달려 나가 발로 새를 낚아챘다. 누런 털빛 고양이는 총총이 새를 이리저리 차 대며 몇 번 놀게 내버려 두었다가 또다시 빼앗아 공중으로 높이 던졌다. 새가 공중으로 날아오를 때마다 총총은 높이 점프를 했고, 새가 움직이는 방향에 따라 신속히 고개를 돌려 대며 발을 굴렸다. 누런 털빛 고양이는 총총이 꼬리 끝을 살살 흔들며 죽어가는 새에 흥미를 드러내는 것을 즐기고 있었다.

두 개의 장바구니를 들고 느릿느릿 걸어온 할머니가 "쬐그만 게 생긴 거랑 다르네." 했다. 내가 안고 오는 내내 총총은 새를 먹어치우고 있는 누런 털빛 고양이에게서 시선을 떼지 못했다.

주인 남자가 쓰는 아래층의 안방문은 반쯤이나 열려 있었다. 작은 틈을 본 바람이 심심해져 슬그머니 파워 게임을 벌여 본 것일까? 주인 남자는 죽은 듯 자고 있다. 할머니가 마늘 냄새를 푸푸 뿜어내며 한쪽 입가로 침을 죽 쏟아 내며 곤하게 자고 있는 것과는 차원이 다른 잠이다. 그는 아침을 먹고 들어가 세 시가 넘은 지금까지 자고 있는 것이다. 그를 깨워야 할지 말아야 할지 나는 난감해진다. 고양이를 돌보는 일이 아닌 것에 수고를 보이면 그가 짜증스러워 한다는 것을 알고 있다. 그는 모든 것을 표정으로 말하는 사람이었다. 잠이라는 괴물은 그를 긴 포대 안에 가두고 끝도 없이 패대기치고 있는 듯하다.

재활용품을 버리러 나가는 내 뒤를 꼬리까지 치켜들고 졸래졸래 따라온 총총이 보이지 않았다. 신문과 맥주병과 총총의 먹을거리였던 깡통들을 분리해 넣고 있는 사이에 사라진 것이다.

아이들 소리로 왁자한 놀이터의 벤치 옆에서 총총은 마치 여왕처럼 행세했다. 아파트 주위를 어슬렁거리고 다니는 세 마리의 고양이들이 총총의 주변에서 얼쩡거렸다. 누런 털빛 고양이는 시소 옆에 있다가 의뭉해 보이는 눈동자를 굴리며 어슬렁어슬렁 다가왔다. 각각 흩어져 있던 세 마리의 고양이들은 새로운 경쟁자를 발견하고는 뒤로 주춤 물러섰고, 그럴수록 총총은 뻣뻣이 고개를 쳐들면서 놈들이 쟁탈전을 벌이도록 유도했다. 총총이 누런 털빛 고양이에게 시선이 머문 것은 세 마리의 고양이가 다시 총총을 향해 다가올 때였다. 총총은 누런 털빛 고양이가 과감하게 접근해 오기를 기다리고 있는 듯했다.

누런 털빛 고양이는 총총에게 다가오는 대신 세 마리의 고양이들을 향해 눈을 부릅떴다. 그 바람에 갈색과 검정색 고양이는 재빨리 달아났고, 잿빛 고양이만이 작은 소리로 으르릉대며 맞서다가 슬그머니 고개를 돌렸다. 잿빛 고양이는 너무 어이없이 물러난 게 분한지 몇 번 뒤를 돌아 총총을 바라보았다.

누런 털빛 고양이는 점점 가까이 다가오면서 총총의 눈을 뚫어지게 바라보았다. 총총은 낮게 그르릉대며 누런 털빛 고양이를 기다렸다.

총총을 향해 가까이 다가온 누런 털빛 고양이를 물리친 건 주인 남자였다. 나 따위는 까맣게 무시하고 있던 누런 털빛 고양이는 주인 남자가 다가가자 몇 번 뒷걸음질을 치더니 아쉬운 표정으로 달아났다. 총총은 경멸과 비난이 가득 찬 눈빛을 쏟아 내는 주인 남자의 시선은 아랑곳 않고 누런 털빛 고양이가 사라져 간 쪽을 물끄러미 바라보았다.

모녀

주인 남자가 퇴근하자마자 총총을 찾았다. 흥분된 그의 표정으로 보아 낮에 놀이터에서 있었던 사건을 전해 들은 게 틀림없었다. 그러나 경비가 주장하는 것처럼 여자 아이의 손목을 물은 건 총총이 아니었다. 다행히 거실에서 알짱거리며 놀던 녀석이 보이지 않았다. 주인 남자는 2층에 올라가 세 개의 방들을 둘러보고, 주방 싱크대까지 다 열어보았다. 베란다도 살펴본 건 물론이었다.
"사내가 그리워 가출을 했군."
아래층 아이보리 색 소파 위에 얼굴을 파묻고 있던 녀석이 슬그머니 몸을 일으킨 건 주인 남자가 싸늘한 바람을 일으키며 방으로 들어가 버린 후였다. 주인 남자가 낸 문소리에 잠을 깬 것인지, 녀석이 자신을 찾아대는 것을 알면서도 시치미를 떼고 누워 있었는지는 알 수 없었다. 녀석은 불안한 얼굴로 서 있는 내게로 우아하게 털을 흔들며 다가왔다.

　나는 총총을 안고 쓰다듬으며 이젠 안심해도 된다고 말해 주었다. 주인 남자가 나오면 내가 총총의 누명을 벗겨 줄 것이다. 나는 부족한 게 아무것도 없는 이 집에서 총총과 주인 남자와의 사이가 왜 떨떠름한지 이해할 수 없어진다.

　저것도 부모가 있을 텐데 부모가 알면 얼마나 속상할까? 주인 남자에게 미움을 받는 총총을 위해 내가 할 수 있는 일이란 고작 그렇게 안쓰러워하는 것 정도였다. 총총을 낳은 고양이는 경연대회에서 우승했고, 영화에도 출연한 화려한 경력을 가지고 있다고 했다. 하지만 잘나나 못나나 제가 낳은 자식이 제대로 된 대접을 받지 못하고 산다면 어떤 부모라도 살맛이 나지 않을 것이다. 그건 늘 미운 짓만 하는 이모를 보면서 속을 끓이는 할머니만 봐도 알 수 있다.

　확신하건대, 이모는 조금도 변하지 않았을 것 같다. 영양 크림으로 마사지를 하고, 에센스로 수분을 공급해 준 덕에 얼굴은 번들번들 윤기가 흐르겠지만, 눈가나 입가의 미세한 주름은 나날이 제 존재를 드러내려 할 것이다. 더구나 하루에 한 번 드나드는 배가 있다는 먼 섬의 거친 바람이 이모의 고운 얼굴만 비껴갔을 리가 없다. 정말로 나는 이모의 눈가가 나이의 무게에 눌려 짓무른 것이나, 눈에 띌까 말까 한 주름이 생겨있는 게 보고 싶다.

할머니도 이모가 보고 싶을 것이다. 모녀가 해를 넘기고도 보지 못한다는 게 흔한 일은 아니다. 이모가 있는 곳이 달나라도 아니고, 지구 반대쪽도 아니지 않는가.

할머니는 이모의 예쁜 얼굴에는 관심이 없고, 오로지 언제나 좋은 남자를 만나 마음잡고 살까에만 관심이 있다. 할머니는 이모가 서울에서는 하루만에 갈 수도 없는 섬에 살러 간다는 게 싫어서 '의절' 소리까지 꺼낸 건 아닐 것이다. 어차피 오래지 않아 돌아올 것, 왜 하필 그 먼 곳이어야 하느냐는 뜻이었다. "배 한 척 없고 집 한 채 없는 사내놈, 불알 두 쪽 보고 물까지 건너가?" 할머니는 눈 흘김조차도 아깝다는 듯 이모에게서 시선을 돌렸다.

"관 속 들어갈 때 정신 차릴래? 저것 보기 부끄럽지도 않아?" 할머니는 턱짓으로 나를 가리키며 쏘아붙였다. 나는 할머니가 참으로 터무니없고, 상황 파악을 제대로 못하고 있다는 것에 화가 치밀었다. 가방을 싸고 있는 이모에게 어차피 씨도 안 먹힐 충고에 하필 나까지 끌어들이다니. 지나가는 개도 웃을 일을……. 이모도 나랑 같은 마음에서였을까? 넣을까 말까 망설였는지 손에 들었다 놓았다를 반복하던 분홍 스웨터를 밀쳐놓고는 나와 할머니의 얼굴을 물끄러미 바라보았다. 그러나 할머니 쪽은 잠깐이었고, 굼벵이처럼 앉아 고구마 순을 다듬고 있는 나를 오래 바라보았다.

할머니는 '의절'이라는 말을 목구멍에서 쇳소리가 나게 내질렀으면서도 이모에게 천만 원이 든 통장을 주었다. 처음부터 할머니는 이모와 함께 산 남자들의 숫자만 불려 놓는 일이라고 단정 지었는지도 모른다. 그래서인지 이모랑 함께 살기로 했다는 남자의 이름도 묻지 않았다. 그래서 지금도 할머니와 내가 아는 건, 이모가 친구와 여행 갔다가 만난 바닷가 남자와 살기 위해서, 많지도 않은 짐을 싸들고 우리를 떠났다는 것뿐이다.

할머니가 생각하는 이모의 좋은 남자란 어떤 사람일까? 이모의 말대로 할머니는 바닷가 남자를 한번 보자는 말도 없이 무작정 화부터 낸 게 맞다. 이모는 그걸 핑계로 할머니가 통장을 주기 전까지 할머니에게 투정을 부렸다. 할머니가 언제 한번 이모가 소개하는 남자를 흔쾌히 맞아준 적이 없었다는 것이다.

이모가 가진 욕심이라고는 좋은 옷과, 화장품, 화려한 머리핀, 멋쟁이 신발 등을 남보다 많이 갖는 것뿐이다. 이모는 할머니가 어쩌다 그런 것들을 사다 안기면 하루 온종일 헤벌쭉 웃는 얼굴을 보였다. 그런 이모가 무슨 이유로

한 남자와 오래 못 사는지 알 수가 없다. 할머니가 즐겨 쓰는 표현대로 곰보 째보도 마음만 맞으면 된다는데, 바로 그 마음 맞음에 문제가 있었던 것일까?

이모가 핀이나 옷을 사준다고 함박꽃처럼 웃어대는 건 할머니 한 사람으로 국한된 것일까? 사실을 말하자면, 할머니가 이모에게 헤프게 베푼다고는 볼 수 없다. 엿장수가 마지못해 떼어주는 덤처럼 일부러 야꼽쟁이처럼 굴 때도 있다. 그런 할머니가 천만 원이 든 통장을 선뜻 내놓은 것은 오금이 박히게 내질렀던 '의절'이 마음에 걸려서가 아니었을까? 그게 아니라면 이번만은 제발 이모가 제대로 된 남자에게 걸렸기를 기도하는 심정으로 축의금을 낸 것인지도 모른다.

할머니 속은 정말 알다가도 모르겠다. 애초에 글렀다 싶은 일에 돈까지 줄 생각이었으면, 이모랑 살게 될 남자를 한 번쯤 보자고 하는 게 뭐 그리 어려운 일이었을까?

순수 혈통

총총이 베란다로 나가 화단가로 뛰어내리는 것을 본 건 주인 남자가 먼저였다. 아파트 화단가를 서성이며 우리 집

베란다를 넘보는 도둑고양이들을 발견한 건 내가 먼저였지만 그 시간에 총총은 2층에 있었다.

총총의 목덜미를 물고 있는 건 아파트의 무법자 누런 털빛 고양이였다. 근육질이 잘 발달된 놈은 먹이를 찾아, 짝을 찾아 고행의 길을 나설 때를 대비한 힘이 몸 곳곳에 비축되어 있는 듯 거대했다. 주위를 살피는 눈빛에선 번득임이 넘쳐 났고, 연인을 차지한 몸은 금방이라도 불을 뿜을 듯했다. 총총은 녀석의 몸뚱어리 아래 죽은 듯 널브러져 있었다.

누런 털빛 고양이는 감시자가 있다는 것을 알면서도 연인과 떨어지지 않았다. 주인 남자는 눈에 띄는 대로 큰 꽃병을 들어 놈이 있는 곳을 겨냥해 내려쳤다. 그러나 꽃병은 놈의 꼬리 부분만 살짝 건드리고 튕겨 나갔다. 누런 털빛 고양이와 함께 도망쳐 가는 총총을 주인 남자는 살의가 번득이는 눈빛으로 바라보았다.

그날 밤 늦게 들어온 총총은 소름이 끼칠 만큼 요염하게 울어댔다. 쓰레기통 밑에서 뒹굴다 왔는지 털이 엉키고 더럽혀진 몸에서 악취가 풍겼다. 밤을 새울 기세로 울어대는 고양이에게 베개를 던지고, 신문을 던지고, 재떨이까지 집어던진 주인 남자는 이성을 잃은 듯했다. 그가 또다시 재떨이를 들어 올려 총총을 겨누었을 때 녀석은 재빠르게 홈

시어터 장식장 밑으로 기어 들어가 몸을 웅크렸다. 나는 굼뜬 몸뚱어리를 조금은 빨리 움직여 총총을 씻길 목욕물을 받았다.

  순수 혈통의 고양이는 같은 종류의 수컷과 교배를 시켜야 하며 혈통서를 잘 확인해서 근친 교배가 이루어지지 않도록 조심해야 하며, 교배를 하기로 한 날에는 수고양이에게 데려가 약 닷새 정도 합방을 시켜야 한다고 했다. 사람들이 보는 곳에서 교배를 하지 않을 수도 있어 같이 지내면서 자연스럽게 교배가 되도록 해줘야 하기 때문이었다. 그런데 똥인지 오줌인지 분간을 못하고 아파트 단지를 휩쓸고 다니는 도둑고양이에게 홀려 헤프게 꼬리를 올리는 총총을 이해할 수 없기는 나도 마찬가지다.

  주인 남자는 목욕을 마친 총총을 아래층의 방에 가두어버렸다. 내가 저녁 식사로 먹일 꽁치를 굽는 동안 총총은 방문을 긁어대며 요란하게 울부짖었다. 나는 주인 남자의 눈치를 보느라 오금이 저렸다. 누가 녀석의 주인인지 알 수가 없다. 총총은 꽁치 냄새를 참을 수 없는지, 시간이 지날수록 울음소리가 커졌다. 방바닥에서 점프를 하며 뛰어올라 방문을 긁어대는 기척을 들으면 꼭 거대한 우리를 탈출하려는 호랑이 같았다.

  주인 남자가 성북동 집에 전화해 총총을 없애겠다고 한

모양이었다. 안방마님이 오밤중에 득달같이 전화를 해 고양이 하나 못 보살펴서 신경을 쓰게 만드느냐고 화를 냈다. 일단은 주인 남자의 의견에 반대하는 듯해 마음이 놓였다. 그 비싼 고양이를 누구를 줘? 그게 안방마님이 주인 남자의 뜻에 따를 수 없는 이유인 듯했다. 또한 내게 돈을 주기 때문에 무엇이든 더 시켜야 속이 편한 심보도 작용했을 것이다. 돈을 주고 사람을 부리는 인간들은 다 그런 속성이 있다는 것쯤은 이제 알고도 남는다. 그렇지만 "우리집 냥이도 키워 봤잖아?" 하는 대목에서는 결코 고개가 끄덕여지지 않았다.

능구렁이 사촌쯤 되는 냥이와 총총을 비교한다는 게 얼마나 어이없는 일인가.

냥이는 열 살이 넘었다. 고양이 나이 열 살이면 죽음이 뭔지도 알 수 있을 것이다. 냥이는 정원과 거실에서는 어떻게 행동해야 하는지, 언제 가족들 틈으로 끼어들어야 되는지, 자신이 원하는 것을 언제 어떻게 알려야 하는지, 손님이 와 있을 때는 어떻게 처신해야 하는지, 다른 사람을 방해하지도 방해 받지도 않으면서 낮잠을 잘 수 있는 최고의 장소가 어디인지를 기가 막히게 알고 있는 녀석이다. 내가 성북동 집을 떠나오던 즈음에는 수면 시간이 더 늘고, 시끄러운 사람들에게 방해를 받지 않으려는 듯 구석

자리를 차지하고 들어가 좀처럼 몸을 움직이지 않았다.

연둣빛 경차

주인집 앞에 와 있다고 해서 나가봤더니 101동 출구 앞에 정말로 종하가 서 있었다. 비번도 아닌 날에 종하가 나를 찾았다는 것도 놀라운데, 그는 주소를 들고 초행길인 주인집까지 찾아낸 것이다.
"갖고 싶다고 한 차랑 많이 닮았지? 딱정벌레잖아."
높은 곳에서 내려다보면 꿈틀꿈틀 기어가는 것처럼 보이는 연둣빛 자동차였다. 종하는 그 옆에서 웃고 있었다. 밝은 햇살에 흰 이가 빛났다.
"맞아. 플루시오티스 베이에리를 꼭 닮았어. 몸 빛깔도 똑같아."
나는 탄성을 질렀다. 미국 애리조나 주 남동부의 산타리타 산에서 풍뎅잇과의 녀석이 숙주식물인 떡갈나무 위에서 한가롭게 쉬고 있던 사진이 떠올랐다.
이것이 꿈이 아닌가 싶어질 때 나는 뺨을 꼬집는 대신 새끼손가락 한마디를 입에 넣고 깨물어보는 버릇이 있다. 왼쪽 새끼손가락 한마디를 깨물어보았더니 몹시 아팠다.

"너한테 맞게 특수 조작한 차라 여기까지 끌고 오는 데 애먹었어."

종하는 내가 갖고 싶다고 말한 차는 독일에서 수입하는 차인데, 국내에도 그 차를 가지고 있는 사람이 드물다고 설명해 주었다.

"겉은 경차지만 속 부품들은 다 비싼 거야. 엔진도 새것으로 갈아 끼웠어. 어때, 훌륭하지?"

살다 보면 이런 날도 오는 것이구나. 나는 실감이 안 나는 얼굴로 종하를 바라보았다.

"운전은 할 줄 안다고 했지?"

나는 고개를 끄덕였다.

"어서 시범 운전을 해봐. 네 발이 너무 작아서 말이야. 브레이크나 엑셀에 발이 잘 닿으라고 차 밑바닥에 나무판자를 고정시켰는데, 마음에 안 들면 두꺼운 고무판을 깔 수도 있어."

"마음에 안 들 리가 있어? 나는 지금 꿈을 꾸고 있는 것 같아."

새로 만들어 내는 것이라면 무엇에든 꼼꼼하고 세심한 종하였다. 아니, 그렇지 않다 해도 나는 그가 나를 위해 해준 것을 놓고 이러쿵저러쿵 할 만큼 그에게 받는 것에 익숙하지 않았다. 나는 세차게 고개를 흔들었다. 그가 원한다면 하루 온종일이라도 그 자리에 서서 고개를 흔들어 댈 수 있었다.

나는 운전석을 내 몸에 맞게 조정한 차에 들어가 와이퍼를 작동시켜 보고, 스팀까지 켜 보았다. 모든 게 완벽했다. 가슴이 뛰었다.

주인집에서 나와 처음으로 보이는 주유소에 들어가 나는 "만땅요." 했다.

만땅! 경쾌하고 기분 좋은 울림이다. 나는 속으로 다시 한번 읊어보았다. 물 좋고 먹이 많은 연못 속을 노니는 살찐 금붕어처럼 행복했다.

"좀 더 속도를 내 봐."

여전히 실감하지 못하고 있는 나를 위해 종하는 옆 자리에서 가끔씩 참견을 했다.

한남대교는 소통이 잘 되었다. 나는 차츰 속도를 내 보았다. 집에 총총 혼자 두고 나왔다는 것을 깨달은 건 차가 강변북로에 진입하고 나서였다. 그러나 나는 터질 듯한 가슴을 주체 못 해 그대로 차를 몰았다. 음악이 흘러나오고 있는 스피커의 볼륨도 크게 올렸다. 그 기분대로라면 먼먼 아라비아가 절로 떠오르는 모항을 향해 차를 몰 수도 있을 것 같았다.

할머니를 동석시키지 않은 것은 참으로 애석한 일이다.

하지만 세상살이가 애초에 마음먹은 대로만 되지 않는다는 것 정도는 나도 이제 알 만한 나이였다. 그럴 때는 과감하게 '다음 기회에······.' 하고 넘겨 버리면 되는 것이다. 더구나 옆에 종하가 있지 않는가?

내 차에서 흘러나오는 노래 소리를 듣고 혹 소음이라고 시비를 걸고 싶어 하는 작자가 나올지도 모를 일이다. 그렇지만 나는 그자를 향해서도 과감하게 주먹을 보일 수 있다. '짜아식아, 너나 잘해!' 현실감 없이 소망했던 것을 내 손으로 만지고 있다는 사실에 고무되어 나는 무슨 일이든지 저지를 수 있을 것 같았다.

나는 김건모의 「스피드」가 우렁차게 흘러나오는 차의 창문을 활짝 열었다. 그게 아니라면 내 몸을 쏙 들어앉히고 어디든지 갈 수 있는 딱정벌레 한 마리를 가졌다는 실감을 어떻게 해볼 수 있단 말인가? 그래서였다. 종하가 내게 이별 선고를 해왔을 때 얼른 알아듣지 못했던 게.

종하는 어느 시점에서 꺼내야 할지 내내 기회를 엿보고 있었던 듯했다. 내 딱정벌레가 강변북로를 나와 초원 모텔 후문이 보이는 그의 전셋집 앞에 섰을 때, 그는 딱정벌레가 이별 선물이었다고 다시 한번 말했다.

그는 멀리 떠날 거라고 했다. 어디로 떠나느냐고 물을 것에 대비한 대답이 그의 입에서 나오기 전에 나는 선물이 아주 멋지다고, 훌륭한 선물을 줘서 정말 고맙다고 서둘러 말했다. 그가 떠난다는 게 사실인지 아닌지는 중요하지 않았다. 무슨 이유에서건 그가 내게 이별을 선언했다는 사실만이 진실이었다.

내게 운전을 가르쳐 줬던 남자도 멀리 떠날 거라고 했었는데, 한 달 후에도 여전히 운전학원에서 강사로 일하고 있었다. 내게 해준 게 운전 연습밖에 없어서 미안하다고, 줄 수 있는 게 정말 그것밖에 없었다고 헤어질 때 괴로워하는 표정만 짓지 않았다면 그리움 때문에 그의 일터를 찾아가 보는 짓은 하지 않았을 것이다. 그랬더라면 그의 휴일에 그에게 운전을 배웠던 필드에서 태연히 일을 하는 그를 목격하고, 선본 여자와 한 달 후에 결혼한다는 말을 듣게 되지는 않았을 것이다.

내 사랑에 보답해 줄 수 있는 게 이것밖에 없다는 따위의 말을 하지 않아서 나는 또 한번 종하가 좋았다. 그는 집에 들어가 마지막으로 사랑을 나누자는 말도 하지 않았다. 그의 집에 들어가게 되면 간단하게라도 그의 욕정을 받아줘야 할 거라고, 이별 선고를 듣기 전에 김칫국을 마신 무안은 나 혼자 털어야 했다.

"왜 그렇게 딱정벌레를 좋아하는 거지?"

내가 이별을 받아들이겠다는 뜻으로 흔쾌히 손을 내밀었

을 때 종하가 물었다. 내게 관심은 있었던 것이라고 해석하고 싶은 마음이 뭉클뭉클 올라왔다. 그렇지만 그 정도라면 장거리 여행 때 우연히 옆자리에 앉게 된 사람에게도 할 수 있는 질문이라고 무시하며 가볍게 웃어보였다.

"딱정벌레는 발이 다섯 개야."

나는 절대 서두르지 않으며 내 딱정벌레 안으로 들어와 앉았다. 차창으로 우아하게 손을 흔들어 보이는 것도 잊지 않았다.

나는 강변북로에 들어서서 왼쪽 새끼손가락을 물어보았다. 아프지 않았다. 반포대교를 타면서 오른쪽 새끼손가락을 세게 깨물었다. 아프지 않았다. 나는 양쪽 손가락 모두 아프지 않았기 때문에 할 수 없이 눈물을 조금 흘리고 말았다.

종하가 딱정벌레의 발이 다섯 개인지를 알아보려고 인터넷에 들어가거나 백과사전을 뒤적여 보지는 않을 것이다.

사방 곳곳에 발을 걸치고 있는 안방마님의 사회생활 때문에 사람이 끊이지 않았던 성북동 집에서 큰 파티가 벌어지는 날이면 나는 할머니의 특별한 지시가 없어도 정원에 나가면 안 되었다. 정원 호두나무에 매달아둔 스피커에서 흘러나오는 「소녀의 기도」는 내가 할머니와 함께 기거하는 작은 방까지 흘러들어 왔다. 나는 가끔씩은 음악에 고개를 끄덕이기도 하면서, 겉표지가 나달나달한 딱정벌레 사진첩 속으로 들어갔다.

남아프리카의 그레이트카루에 서식하는 네오 줄로디스 파크타, 꽃을 찾는 오스트레일리아의 비단벌레인 테모그나타 미트켈리, 중앙아메리카에 서식하는 김네 티스 스텔라타, 딱지날개를 들어 올리면 가려져 있던 청록색의 배가 나타나는 크리소크리아 에드바르드시이, 인도의 디크라노케팔루스 왈리키, 동남아시아의 람페티스, 브라질의 칼콜레피두스, 짐바브웨의 람포리나 스플렌덴스, 콜롬비아의 프살리도그나투스 프리엔디, 마다가스카르의 아비피스 인시그니스, 늘 잠수복을 입고 산다는 거저리 아키스 레플렉사······.

극지방의 빙산 언저리에서부터 열대의 하늘을 가린 처녀림에 이르기까지 지구 모든 곳에서 서식하는 딱정벌레는 지구상에서 가장 종이 많고 번성하는 생명체였다. 작고 옹골찬 몸 때문에 편안하게 숨고, 고사리 꼭대기에서도 사랑을 나누고, 땅을 파서 알을 낳고, 돌이나 쓰러진 나무의 틈새로 기어들 수 있는 그들의 다양한 몸집과 보석처럼 눈부신 광채에 빠져들다 보면 한나절이, 하루가 눈 깜짝할 사이였다. 그들과 놀다 보면 어느새 긴긴 파티가 끝나 있었다.

쇠똥구리는 암수가 함께 자식을 키우는 곤충으로 알려져 있다. 소나 말 같은 큰 동물의 똥을 둥글게 말아 땅속에 파묻고 그 안에 알을 낳는다. 암수가 힘을 합쳐 보금자리를 안전하게 마련해 놓고 나서 알을 낳겠다는 생각이 그 작은 몸뚱이 어디에서 나왔는지 기특하기만 하다. 많은 인간들, 특히 자식이 어느 구석에 처박혀 있는지도 모르는 내 부모 같은 사람들은 필히 그 녀석들에게 배웠어야 했다.

그러고 보면 하늘에서 벌어지는 구름들의 섹스는 강렬한 만큼 허무하다. 대를 이어 향연을 벌일 2세를 만드는 것도 아니고, 비행기 소리에도 놀라 흥을 죽여야 할 테니까.

진심으로 사랑한 값으로 종하에게 그 말은 해주었어야 했을까?

성찬

총총을 목욕시키고, 드라이어로 꼼꼼히 말려 주고 나자 몇 시간이 훌쩍 지나갔다. 녀석은 예쁘게 빗질하는 동안 숨소리도 죽인 채 내게 몸을 대 주었다. 빠지는 털을 일일이 간수하다 보니 손목이 저려 왔다. 볕이 잘 드는 2층 거실의 안락의자에 올려놓으면 녀석은 쌔근쌔근 숨을 뱉어

내면서 한숨 늘어지게 잘 것이다. 상팔자란 이런 것이라고, 온몸으로 드러내면서.

길게 자라 품위를 더하는 녀석의 털을 손질해 주고 있다 보면 나는 고도의 마술사라도 된 기분이었다. 내 뭉툭하고 볼품없는 손이 혈통 있는 동물의 우아하고 기품 있는 털을 매만지고 있다니. 내 손이 누군가에게 크게 소용되었던 적이 있었던가?

총총이 홀몸이 아니라는 것은 확실했다. 유방이 부풀어 올랐고, 자주 소변을 보러 다녔고, 배는 커질 대로 커져 있었다. 사료를 준 지 얼마 지나지 않았는데 또다시 입맛을 다시는 녀석에게 생선 통조림을 따 주었더니 눈 깜짝할 사이에 먹어치웠다. 혓바닥까지 내밀어 싹싹 핥아먹는 것을 보고 있자면, 녀석이 영화에도 출연한 적이 있는 혈통 있는 고양이의 자식이라는 말이 의심스럽다. 몇백만 원을 호가한다는 녀석의 몸값도 믿을 수 없어진다. 녀석은 처음부터 그랬던 것처럼 포만감을 그렁그렁한 숨소리로 드러내며 잠에 빠졌다.

녀석의 식탐은 오늘 아침 주인 남자 앞에서도 드러났다. 아침을 간단하게 먹겠다는 주인 남자의 요구대로 식탁을 차리고 난 후였다. 총총이 불쑥 식당으로 들어와 식탁 위를 흘끔거렸다. 냉장고에서 꺼낸 음식을 바로 고양이에게 주면 안 되기 때문에 나는 꽁치 통조림 뚜껑을 따 놓고 접시를 꺼내려고 돌아섰다. 총총이 일을 저지른 건 바로 그 순간이었다. 녀석이 배고픔을 참지 못해 점프를 해서 식탁 위의 깡통을 떨어뜨린 것이다. 빙그르르 돌던 꽁치 깡통에서 흘러나온 국물이 주인 남자의 와이셔츠 소매를 적셨다. 당황한 내가 찬장 입구에서 꺼낸 접시를 놓친 것과 주인 남자가 총총에게 물컵을 던진 건 거의 동시였다. "죽든지 말든지 밖에 내다 버려." 주인 남자는 서너 숟가락 뜬 밥그릇을 그대로 두고 일어나 나갔다. 주인 남자의 독기 어린 말 따위는 개의치 않는다는 듯 녀석은 바닥에 쏟아져 뒹구는 꽁치 조각들을 쩝쩝 소리를 내며 먹어치웠다.

 새끼를 품은 동물을 한겨울에 밖으로 내치면 죄를 받는다는 것쯤은 주인 남자도 알고 있을 것이다. 때때로 그는 싸늘한 경멸의 눈빛을 총총에게만이 아니라 내게도 퍼부었다. 총총을 잘 관리하지 못해, 누군지도 모를 놈의 씨를 품어오게 한 질타일 것이다.

 점심 식사는 모처럼 마음먹고 성찬을 준비했다. 총총은 닭고기 넓적다리살 샤브샤브를 좋아했다. 얇게 저민 닭고기를 끓는 물에 살짝 넣었다가 건져 앞에 놓인 접시에 올려주었더니, 녀석은 순식간에 먹어치우고 입맛을 쩝쩝 다시며 내 얼굴을 바라보았다.

내일은 녀석에게 스파게티를 해줄 계획이다. 녀석은 스파게티를 짧게 잘라 고깃국물에 살짝 볶아서 주는 것도 좋아했고, 마요네즈나 올리브 오일로 무친 것도 좋아했다.

총총이 어떤 새끼들을 낳을지 벌써부터 마음이 부풀어 오른다. 갈색 도둑고양이와 사랑을 나누었다면 흰 털과 갈색 털이 반반씩 섞인 것이 나올까? 어쩌면 아파트 현관문 앞까지 와서 총총을 찾아 울어대던 검은색 도둑고양이일 수도 있다. 살찐 누런 털빛 고양이는 건장해 보이기는 하지만 심술보가 지나치게 튀어나와 있어 호감이 가지 않는다. 하지만 총총이 마음에 둔 상대라면 내 감정 따위야 아무래도 좋다.

나는 총총이 먹고 싶어 하는 것이라면 무엇이든 해주고 싶다. 총총을 위해 신선한 생선이나 고기를 사려고 카트를 밀며 마트 안을 돌아다닐 때, 내가 오래전부터 꿈꿔온 나날이 이런 게 아니었을까 싶었다. 그 순간에는 카트가 내 몸의 세 배가 넘게 큰 것이라는 사실에 위축되지도 않았다.

만약 총총이 아기를 가지지 않았다면, 종하가 들어앉았던 그 깊은 자리를 무엇으로 메꿔 나갔을까? 생각해 보면 아찔한 일이다.

인공 연못

　총총은 무엇을 깊이 생각하는 표정으로 2층 여기저기를 어슬렁거리며 돌아다닌다. 주인 여자의 방에 들어가 냄새를 킁킁 맡다가 나온 지 얼마 지나지 않아 이번에는 헌 물건이 들어 있는 다용도실 안을 기웃거렸다. 아무래도 몸 풀 날이 가까워져 오는 모양이다.
　그동안 나는 총총이 새끼를 낳을 수 있는 큰 박스 하나를 만들었다. 출산만을 위한 것이라면 사과 박스 한 개 정도면 충분하지만 새끼 고양이들이 자유롭게 걸을 수 있을 때까지 상자 안에서 지내야 하기 때문에 넓어야 했다. 박스 세 개를 분리해 하나로 만들었다. 똥 덩어리 위에 앉아서 똥을 자르고, 넓적한 앞발로 두드려서 모양을 만든 다음, 물구나무서기 자세로 뒷발을 이용해 똥을 굴려 가는 쇠똥구리처럼 낑낑대다 보니 꼬박 한나절이 걸렸다. 마지막으로 상자 안에 신문지와 비닐을 깔고 그 위에 푹신한 목욕 타월을 깔았다.
　출산 상자는 고양이가 원하는 곳에 놓는 게 가장 좋다는 책의 지침을 따르기로 했다. 나는 장식장이나 침대 밑도 좋고, 방에 놓을 경우는 벽면이 맞닿는 구석이 적당하다는 예비 상식만 기억하고 있으면 되었다. 난로의 열이 직접 전해지는 장소나 새끼 고양이가 실명할 수도 있는 어두운 장소는 피해야 했다. 무엇보다도 총총은 출산 전에 엉덩이 주변의 털을 잘라 주는 걸 잊으면 안 되었다. 페르시아 고양이는 머리 폭이 넓기 때문에 새끼 고양이가 산도를 빠져 나오는 데 어려움을 겪는다고 했다. 그렇지만 나는 총총을 믿는다. 주인 남자의 감시와 학대를 뚫고 나가 새끼를 품어온 녀석이 아닌가.

저녁에는 만약을 대비해 새끼의 탯줄을 자를 수 있는 가위, 실, 가제 등을 준비해 놓았다. 일을 다 마치고 나자 절로 콧노래가 흘러나왔다.

총총은 아직도 좋은 장소를 물색하지 못했는지, 이 방 저 방을 들락거렸다. 냄새를 맡으면서 적당한 곳을 찾다가 여기다 싶으면 발톱으로 바닥을 긁어댈 것이다.

"총총 파이팅."

나는 휘파람을 크게 불고 나서 녀석을 향해 소리쳤다.

할머니의 전화가 온 것은 늦은 밤이었다.

"미친년이 얌전 내면 행주로 변소를 닦는다더니……."

할머니는 내 목소리를 듣자마자 다짜고짜 말했다. 이모가 또 무슨 사고를 쳤는가? 총총 목욕까지 시키고 난 나는 기운이 쪽 빠져 있었다. 총총의 몸이 무거워지고 예민해져 목욕 한번 시키기가 날 잡아 대청소하는 것보다 힘들었다.

"어디 건사할 게 없어서 고양이 새끼 때문에 그 좋은 일자리를 놓쳐, 이것아."

할머니는 화가 나 있었다. 할머니는 내 말은 들어볼 생각도 않고, 내가 고양이를 못쓰게 만들었다고 안방마님이 노발대발하고 있다고 말했다.

"고양이한테 새끼 못 낳는 수술을 시켜서 이젠 성북동에서 키우신단다. 내일 아홉 시까지 기사 보낸다니, 네 짐이랑 고양이 짐이랑 다 싸 놓으래."

더부살이를 하는 손녀 때문에 또다시 안방마님의 눈치를 살펴야 하는 게 속상해서였을까? 지금껏 내게 심하게 야단쳐 본 적 없는 할머니의 목소리에 역정이 묻어 있었다. 할머니는 손녀도 놀고먹지 않는다는 걸 보이려고 나를 부엌으로 불러 잡일을 시켜 대는 상황을 떠올렸을 것이다. 내가 옆에 있으면 한 대 쥐어박고 싶은 심정인 듯했다.

외박인가? 오랜 골칫거리였던 총총과 나를 드디어 보지 않게 되어서 자축이라도 할 계획인가? 안방마님의 명령이 떨어진 이상 주인 남자에게 사정해 봤자 소용이 없다는 것을 모르지 않았지만 나는 밤 열두 시가 되어가는데도 들어오지 않는 주인 남자를 기다리며 시계에서 눈을 떼지 않았다. 그러다 재활용품을 쌓아두는 대형 박스들 옆에서 총총과 사랑을 나누던 누런 털빛 고양이에게 살의를 보이던 주인 남자의 눈빛이 떠올라 흠칫 몸을 떨었다.

그날 주인 남자가 던진 돌덩이에 등을 얻어맞은 누런 털빛 고양이는 아파트가 울릴 만큼 비명을 내지르며 달아난 이후 눈에 띄지 않았다. 내가 총총에게 새끼를 품게 했다는 누명은 억울하지만, 그날 총총이 죽음을 모면하는 데 내가 한 역할은 컸다. 나는 이성을 잃은 주인 남자의 눈길이 총총에게로 가 닿았을 때 녀석을 안아 들고 604동 쪽으로 내달렸다. 오후부터 시작된 꽃샘추위로 뺨이 얼얼해졌지만 분노로 이글거리던 주인 남자의 눈빛이 떠올라 어둠이 내리고도 집에 들어갈 수가 없었다.

내가 총총을 망쳐 놨다는 말이 누구 입에서 나왔겠는가? 생각이 거기에 미치자 나는 갑자기 부산해졌다. 자고 있는 총총을 깨워야 했고, 출산 상자도 챙겨야 했다.

총총은 이층 주인 여자의 방에 임시로 설치해 둔 출산상자에 벌써부터 들어가 잠들어 있었다. 혼자 서른 명의 손님을 치르고 난 할머니보다 더 곤한 숨소리를 뱉어 내는 녀석을 안아들었다. 눈을 뜬 녀석은 내 품이라는 것을 확인하고는 금방 또 잠이 들었다. 나는 녀석의 아기들이 뿔뿔뿔 기어 다니며 놀게 될 넓고 쾌적한 방을 바라보자 또다시 갈등이 일었다. 주인 남자의 연민에 매달려 호소를 해본다면?

나는 어수선한 머리를 식히기 위해 발코니의 문을 활짝 열어젖혔다. 주인 여자가 만들어놓았다는 발코니의 인공 연못은 밤이 되어도 달 한 조각 띄우지 못하고 말라 있다. 나는 살집 좋은 여자의 엉덩이처럼 둥그렇게 패인 연못 속을 오래 들여다보았다.

'연못에 물이 마른 집이야.'

나는 우당탕탕 뛰어가 잠에 빠진 총총을 흔들어 깨우고, 냉장고에 들어 있는 닭 가슴살을 몽땅 꺼냈다.

프라이팬에 기름을 두르지 않고 닭 가슴살을 넣었다. 어느 정도 고기가 구워졌을 때 불을 끄고 뚜껑을 닫으면 남은 열로 고기가 익었다.

닭 가슴살은 탄 듯 만 듯 노릇노릇했다. 고기가 만질 수 있을 정도로 식었을 때 손으로 찢어 총총의 입에 넣어주었다. 오밤중에 자다 일어나 영문도 모르고 먹는 것인데도 녀석은 내내 행복한 얼굴이었다. 주인 남자가 들어오기 전에 끝내느라고 나는 몹시 허둥댔다. 조리대가 내 키보다 높아 발뒤꿈치를 들고 설치다 두 번이나 발을 헛디뎠고, 녀석이 하도 빨리 달라고 조르는 통에 식당 바닥에 고깃점을 떨어뜨리기도 했다.

그러나 단연코 총총에게 빨리 먹으라고 채근하지는 않았다. 생선의 썩은 내장을 들추고, 특이한 외모 때문에 뭇 고양이들로부터 당하는 멸시와 수모를 견뎌야 하는 앞날을 위무하기 위한 식사로 부족함이 없기를 바랄 뿐이었다. 오늘밤 이 집을 떠난다면, 총총에게는 생애 마지막이 될지도 모를 성찬이었다.

와이퍼

꽤 먼 길을 달려왔다. 총총에게는 무엇이든 먹여야 하고, 나는 잠을 좀 자야 한다. 밤새 항구 도시까지 달려온 딱정벌레에게도 휴식을 주어야 한다. 종하의 말은 틀리지 않았다. 내 딱정벌레는 속이 튼실한 녀석이다. 세상 어딜 뒹굴어도 건재할 듯하다.
"네가 무슨 짓을 저질렀는지 알아?"
이모가 사는 명월도에 갈 수 있는 여객선 터미널에 들어와 있다는 말을 듣기도 전에 할머니는 소리를 질렀다.
"당분간 이모에게 가 있겠어요."
세상 살다 어려운 일 터지면 기댈 게 동기간밖에 없다고 한 건 할머니였다. 이모라면 총총이 몸을 풀 때까지 나를 박대하지 않으리라는 믿음이 있었다. 이모는 할머니에게는 제 인생이 꼬인 탓을 했어도 내게는 언제나 계면쩍어하는 웃음을 보였으니까.

"그런 일은 저지르는 게 아냐."

아무리 생각해도 그 말은 안방마님에게 해야 할 말 같았다. 강심장이 아닌 바에야 어떻게 한 생명의 번식력을 거세할 수 있단 말인가. 만약 그런 일을 벌인다면 석가와 예수와 공자와 마호메트를 다 동원해도 죄를 구제받지 못할 것이다.

"이모 이름이 뭐예요, 할머니?"

새삼 이모의 이름을 모른다는 생각이 들어 전화를 한 것이었다.

"고양이는 새끼를 까기 시작하면 그 수가 한없이 불어나서 금방 고양이 천지가 되는 거야. 그래서 새끼 못 까게 하는 수술을 시켜야 하는 거라고. 내 말 알아듣지?"

그 순간 베터리가 방전되어 전화가 끊어졌다.

백 원짜리 동전을 바꿔서 나오다가 여객선 터미널 매점에서 소시지 하나를 샀다. 차 안에서 움츠리고 있던 총총이 눈을 빛냈다.

"아가, 전화 끊지 말고 할머니 말 잘 들어봐라."

총총을 화장실에 데리고 가 소변을 누이고 나서 다시 전화를 했을 때 할머니는 좀 전과는 완전히 달라져 있었다. 내가 일부러 전화를 끊었다고 여기는 모양이었다.

"고양이를 이모에게 맡기고 오겠어요. 먹을 게 많은 바닷가가 고양이들의 천국이래요."

"알았다, 내 새끼. 그러니 할머니 말 좀 들어봐라."

"이모 이름이나 얘기해 주세요."

"춘임이를 찾아라. 춘임이가 이모 이름이다. 이모가 시어른들이랑 함께 사니까 절대로 실수 같은 건 하면 안 된다. 알았지? 너는 할머니가 나이 들어서 낳은 늦둥이야. 그러니까 사돈 어른들 앞에서는 내가 어머니가 되는구나. 가만 있어봐라. 그러니까 이모가 아니고 언니라야 맞다. 그렇지? 아니다 그냥 할머니라고 해라."

할머니는 대체 무슨 말을 하고 있는 것인가? 이름만 가르쳐 주면 되는 일에 웬 사족이 그리 길단 말인가? 알았다고 전화를 끊고 돌아서다가 대체 김 춘임인지, 박 춘임인지 알 수가 없어 또다시 백 원짜리 동전을 밀어넣었다.

"아이고 내 새끼야, 전화 잘했다. 혹여 사돈 어른들이 어머니 아버지에 대해 물어보거든 너는 아무것도 모른다고 해라. 할머니가 다 안다고만 해. 알았지?"

할머니는 아직까지도 허둥대고 있었다. 차라리 할머니 몸집의 세 배가 넘는 항아리들을 옮기는 일이 떨어졌다면 할머니가 그렇게 허둥대지는 않았을 것이다. 아니, 힘에 벅찬 줄 알면서도 입 내밀 시간조차 아껴가며 팔을 걷어붙였을 것이다. 할머니가 하도 어지럽게 하는 바람에 나는 전화한 목적을 잊어버리고 말았다.

　전화를 끊고 내 딱정벌레가 기다리고 있는 곳으로 돌아오며 나는 풋풋 웃었다. 이모가 박 춘임이든, 김 춘임이든 중요한 게 아니었다. 명월도에 이모가 살고 있으면 되는 것이다. 진작부터 나는 이모든 언니든 상관없었는데, 할머니는 왜 새삼 말까지 더듬으며 황황해하는지 알 수가 없었다.

　나는 아늑한 딱정벌레 속으로 들어와 스팀을 틀고, 다시 한번 와이퍼도 작동시켜 보았다. 앞 유리창에 쇠살 두 개가 사이좋게 오고갔다. 폭우 속에서도 내 시야를 틔워 줄 그것을 보고 있자 갑자기 든든해졌다. 긴팔풍뎅이의 일종인 에우키루스 롱기마누스의 수컷이 가시가 많은 긴 앞다리를 흔들며 나를 위해 충성을 다하겠다고 맹세하는 것만 같았다.

　그러고 보면 지금까지 세상은 내게 세찬 빗물을 뚫고 나갈 수 있을 부채 크기만큼의 호의를 던져 주고, 그것을 밑천으로 살아보라고 살살 엉덩이를 두드려 주었던 듯하다.

　그래도 나는 옷핀을 늘여 껍데기가 단단한 소라에서 꼬리가 끊어지지 않게 내용물을 빼내 먹을 때처럼 진지한 낯빛으로 내 숙명에 손을 내밀 것이다. 그래서 그것이 무엇을 변화시킬 수 있다는 건 아니다. 종하가 내 조가비 속에서만 쏟아 내던 쾌락도, 할머니가 신작로 바닥에 낭자하게 싸질렀다던 오줌 줄기도, 5월의 신랑 신부였던 주인 남자와 주인 여자가 파리의 에펠 탑 앞에서 카메라에 담은 연분홍빛 사랑도 건져 낼 수 없겠지만, 잡종 고양이의 새끼를 품은 총총처럼 끊임없이 나를 꿈틀거리게는 해줄 것이다.

총총은 운전석 옆에서 시트에 코를 깊이 묻고 쿨쿨 소리 내며 자고 있다. 홑몸이 아니라는 걸 시위라도 하듯 닥치는 대로 먹어댄 음식들로 볼썽사납게 몸이 불어난 녀석을 이제 페르시안 고양이로 봐 주는 사람은 없을 것이다. 녀석에겐 잘된 일인지도 모른다. 이제는 죽이 되든 밥이 되든 바닷가 거친 바람과 수많은 도둑고양이들과 맞서야 할 팔자가 되었으니까. 나는 명월도에 당도하면 녀석의 길고 우아한 털부터 잘라 줄 것이다.

작가의 말

어린 시절에 나는 툭하면 거짓말을 했다. 배가 아프다거나 머리가 아프다는, 누구도 확인해 볼 수 없는 병을 만들어 내었다. 그것만이 아들 셋과 딸 둘을 키우며 농사일로 바쁜 부모의 시선을 끌어오는 유일한 길이었다. 꾀병으로 얻어 내는 건 누군가의 등에 업히는 호사였다.

안개가 자욱이 깔려 있던 날, 아버지는 담배 연기를 길게 내뿜으며 좁은 논둑길을 걷고 있었다. 등에 서너 살짜리 딸아이가 업혀 있다는 것을 까마득히 잊은 사람 같았다. 나는 한 손으로만 내 엉덩이를 받친 아버지가 나를 떨어뜨릴까 봐 아버지의 등에 찰거머리처럼 달라붙었다. 발 한 짝만 잘못 디뎌도 물 찬 논으로 빠질 게 뻔한 논둑길은 끝없이 이어질 듯 길었고, 시야를 꽉 메운 안개가 영원히 걷히지 않을 것만 같은 아침이었다.

한량 기질이 농후했고, 삶에 아등바등하지도 않았고, 악착같지도 않았던 아버지……. 등에 딸이 업혀 있는 것도 잊고 줄담배를 피우며 하염없이 논둑길을 걷던 아버지는 이미 이 세상 사람이 아니다. 그날로부터 흐른 세월은 또 얼마인가?

등단한 지 내년이면 딱 십 년이다. 지금껏 창작집 한 권 내지 않고도 소설책을 잡으면 태평해지고 행복해지는 내게 염증이 일면서도, 아버지를 닮아 천성이 느긋하고 낙천적인 것이라고 위로하고 합리화해 오기가 몇 년째다.

올해 초에 노트북을 넣은 여행 가방을 들고 연화도행 여객선에 오르면서, 등단 십 년이 될 때까지 이 상태라면 내가 소설가라는 생각을 하지 않고 살겠다고 스스로에게 선언했다. 그리고 뱃머리에서 또 그날의 안개를 보았다.

이제는 누군가의 듬직한 등이 그리워도 낯부끄러워서 거짓말할 수도 없게 나이를 먹어버렸다. 인생이 거짓말 따위에 얼렁뚱땅 넘어가 주는 게 아니라는 것을 모르지도 않는다.

그날, 집 안의 짐승들에게 먹일 여물죽을 쑤느라고, 일곱 식구가 먹을 밥을 하느라고, 학교에 보낼 아이들을 씻기고 입히느라고 한바탕 난리를 치러야 하는 집을 나와 안개로 한 꺼풀 덮인 초록 들판 속을 거니는 기분은 분명 감미로웠다.

오랜 시절부터 문학은 내게 그날 아침 아버지의 불안한 등 너머로 보았던 안개 같은 것이었다. 아늑하고 신비롭고 매혹적이지만 실체가 잡히지 않아 한없이 안달하게 만드는 것……

생각해 보면 그 안에서 퍽 행복한 시절들을 보냈다. 멋모르고 소설이라는 것을 써댄 여학생 시절의 치기는 꿈이고 도피였다. 《문학사상》 편집부에서 근무했던 이 년 동안은 책에서만 접했던 시인, 소설가, 평론가들을 직접 볼 수 있다는 것만으로도 감사했다. 원고 교정을 보다가 문득 눈을 들었을 때, 사무실 출입문으로 들어서던 그들은 피로에 절어 있던 내 몸에서 금방 생기를 품어 올렸다.

부족한 글에 애정을 듬뿍 주신 심사 위원 선생님들과 민음사에 깊이 감사드린다. 앞으로 좋은 글을 쓰는 것만이 보답하는 길이라 믿는다.

좋은 글……? 갑자기 또 그날의 안개 속에서처럼 아득해진다. 아직 그것이 무엇인지 잘 모르는데…….

그러나 내게서 나오는 소설들이 누군가의 가슴에 온기를 전하는 것이기를 바라는 마음 간절하다. 소설을 잡고 있는 동안에는 삶이 아늑하고 신비롭고 매혹적인 것이라고 느낄 수 있었으면 좋겠다. 그 순간이 마당 한구석의 사금파리가 밝은 햇살과 만나 쏘아 올리는 찰나의 섬광일지라도…….

2005년 〈오늘의 작가상〉 수상작

1판 1쇄 찍음 · 2005년 5월 31일
1판 1쇄 펴냄 · 2005년 6월 3일

지은이 · 윤순례
펴낸이 · 박맹호, 박근섭
펴낸곳 · (주) 민음사

출판등록 1966. 5. 19. (제16-490호)
서울 강남구 신사동 506번지 강남출판문화센터 5층 (135-887)
대표전화 515-2000 / 팩시밀리 515-2007

www.minumsa.com

값 9,000원

윤순례 ⓒ 2005. Printed in Seoul, Korea
ISBN 89-374-8068-9 (03810)